Le Japonais cannibale

W0267612

Patrick Duval

Le Japonais cannibale

Stock

© Éditions Stock, 2001.

Avant-propos

« J'ai mangé Renée le jeudi (jour où je l'ai tuée), le vendredi, le dimanche et le lundi. Ces jours-là, je n'ai rien mangé d'autre. Le samedi, j'ai mangé une salade niçoise dans un restaurant des Champs-Élysées. Comme je savais que j'allais être arrêté, je voulais me payer une dernière soirée agréable. Mais j'étais tellement fatigué que je n'arrivais pas à manger.

Dimanche après-midi, j'ai jeté son pantalon et son tee-shirt dans une poubelle des Champs-Élysées. Le soir, il y avait la fête sur le pont Neuf. On entendait la *Sixième Symphonie* de Beethoven. J'ai également jeté la trousse de maquillage que j'ai regardée flotter longtemps. Il y avait un magnifique coucher de soleil et j'avais l'impression que l'esprit de Renée flottait sur la Seine. C'était très poétique, très beau. »

Ainsi s'achève l'incroyable confession d'Issei

Sagawa, assassin, anthropophage et nécrophile, cinq ans après son crime, alors qu'il vient, grâce à un concours de circonstances proprement inouï, de recouvrer la liberté.

Tout au long des trois jours que j'ai passés avec lui, le « Japonais cannibale » gardera ce même ton froid, précis, presque littéraire, pour décrire ce qu'il continue aujourd'hui de considérer comme le plus bel acte d'amour qu'un homme puisse commettre. Un acte pour lequel il n'a jamais manifesté le moindre regret, bien au contraire.

1981, l'année du meurtre, fut aussi celle de ma découverte du Japon et sans ce hasard, ce livre n'aurait sans doute jamais vu le jour. C'est entre une visite du pavillon d'Or et une autre au jardin zen Ryoan-ji qu'a soudain surgi l'affaire Sagawa. La jeune femme qui me servait de guide est arrivée, ce matin-là, le visage décomposé, ne cessant de répéter : « J'ai honte... Je vous demande pardon pour le cannibale... »

Il lui fallut plusieurs minutes et de longues périphrases pour m'expliquer qu'un Japonais avait... mangé, oui, mangé, une Hollandaise à Paris.

Dès lors, et même si j'ai souvent essayé de m'en défendre, ma perception du Japon n'a cessé d'être « brouillée » par cette histoire dont je me suis peu à peu convaincu qu'elle recelait quelque chose d'essentiel sur ce pays, sa culture et ses mythes.

Aussi, lorsque, quelques années plus tard, j'ai appris que Sagawa avait été renvoyé dans son pays, ai-je décidé de lui écrire puis, au terme d'un jeu de piste rocambolesque, de l'interviewer aussi longuement que possible.

En enquêtant sur ce crime abominable, j'ai d'abord voulu comprendre comment un brillant étudiant en littérature, spécialiste de Shakespeare et de Kawabata, avait pu, du jour au lendemain, décider froidement de tuer celle qu'il appelait « mon amie Renée », et s'acharner, quatre jours durant, sur son cadavre.

À partir du très long entretien que m'a accordé Issei Sagawa, j'ai pu reconstituer presque heure par heure l'enchaînement qui l'avait conduit à devenir un assassin anthropophage et trouver, dans son enfance, quelques pistes permettant d'expliquer une telle déviance.

J'ai alors voulu savoir pourquoi la justice française, puis la justice japonaise avaient peu à peu abandonné toutes les poursuites contre Sagawa alors qu'il avait lui-même reconnu être parfaitement conscient de la gravité de son crime. Était-il réellement, comme l'avaient jugé les experts français, « dément au moment des faits » ou aurait-il dû être jugé comme un assassin pervers, totalement responsable de ses actes, comme me l'a clairement affirmé le psychiatre japonais qui l'a examiné à son arrivée au Japon?

Son père, puissant industriel, avait-il acheté la liberté de son fils?

C'est en menant une enquête personnelle, en France et au Japon, que j'ai, finalement, obtenu la réponse à ces questions.

J'ai, enfin, cherché dans l'histoire et la culture nipponnes les éléments qui pouvaient, sinon expliquer, du moins éclairer ce crime cannibale mais aussi... japonais.

Chapitre premier

La dépecée du Bois de Boulogne

« Pardon, Monsieur, elles sont à vous ces valises ? »

On rencontre toutes sortes de gens dans le Bois de Boulogne, surtout vers la tombée de la nuit. Mais la scène qui se déroule, ce samedi 13 juin 1981, en bordure du lac, a de quoi intriguer le couple de promeneurs qui s'approche : un homme de type asiatique, anormalement petit, traîne avec difficulté un petit chariot à roulettes sur lequel sont juchées deux énormes valises en carton bouilli. Elles semblent si lourdes qu'il est obligé de s'arrêter tous les 20 ou 30 centimètres. Au moment où le couple arrive à sa hauteur, l'homme essaie désespérément de pousser le chariot dans le lac mais les valises sont stoppées dans leur chute par un taillis.

« Alors, c'est à vous ? », insiste le couple qui trouve ce comportement plus que bizarre.

Visiblement embarrassé, l'Asiatique bafouille :

« Heu... oui, enfin... non », puis, voyant que le couple commence à examiner les valises, détale à toutes jambes.

Quelque peu interloqué, l'homme entrouvre alors une des valises et découvre qu'elle est maculée de sang. « Regarde, dit-il à sa femme, c'est une vraie boucherie. »

Le temps de se retourner, le petit Asiatique a disparu.

Ce que les inspecteurs découvrent dépasse, en horreur, tout ce qu'on peut imaginer : dans l'une des valises, enveloppé dans des chiffons, un buste de femme, dont les seins ont été coupés, a été encastré en force. Dans l'autre sont entassés les membres et la tête à laquelle manquent les lèvres et le nez. Un peu partout, notamment sur les fesses, de la chair a été prélevée. L'un des pieds semble avoir été traversé de part en part par un objet pointu. Un détail qui laissera un moment penser que la victime a été « crucifiée ».

Crucifiée, dépecée, coupée en morceaux... Pour la presse, il ne peut s'agir que de « l'œuvre d'un fou ». Certains croient déceler tous les signes d'un « crime rituel ».

Deux jours durant, le mystère de la « dépecée du Bois de Boulogne » reste entier. Ni la police ni le médecin légiste ne parviennent en effet à identifier ce corps appartenant à une femme blanche, plutôt brune, aux cheveux mi-longs, mesurant 1,62 m. La victime, qui peut avoir entre vingt-cinq et trente ans a, semble-t-il, été tuée d'une balle de 22 long rifle dans la tête. Le rapport d'autopsie note que des entailles ont été pratiquées en divers endroits du corps et qu'une partie des viscères a été enlevée. Les seins ont été sectionnés mais le sein droit n'a pas été complètement séparé du thorax. Enfin, l'humérus gauche, les fémurs et le rachis cervical ont été sciés tandis que l'humérus droit a été fracturé.

Tout le monde a encore en mémoire l'affaire Carole Simon dont le corps, également coupé en morceaux, avait été retrouvé six mois plus tôt dans les poubelles de la fac de médecine. Là aussi, un jeune Asiatique, ami de l'étudiante, avait longtemps été considéré comme le témoin numéro un du meurtre avant d'être mis hors de cause.

Cette fois, pourtant, la police possède de sérieux indices. Grâce au signalement donné par le couple, un appel à témoin est lancé. Le couple a eu le temps de mémoriser le visage de l'étrange personnage qui poussait les valises. L'homme se rappelle que son visage était grêlé comme par une varicelle mal soignée.

D'autres témoins se souviennent avoir vu le même petit Asiatique descendre d'un taxi rouge. Une fiche est distribuée à toutes les compagnies de taxis, invitant le chauffeur à se manifester.

Lundi 15 juin, soit deux jours après la scène du Bois de Boulogne, un chauffeur de taxi se souvient avoir été appelé au 10, rue Erlanger dans le XVIe arrondissement. Un jeune homme « genre chinois » est effectivement monté avec deux valises cordées sur un petit chariot à roulettes et s'est fait conduire au Bois de Boulogne. Mais en cours de route, il a changé d'avis et s'est fait ramener chez lui sans donner d'explications. Le genre de course dont on se souvient...

La police reçoit un autre appel, beaucoup plus étonnant : celui d'une femme qui demeure justement à la même adresse que celle donnée par le chauffeur de taxi. Dans la nuit du vendredi au samedi, son mari, qui est aveugle, a entendu des bruits suspects sous le porche de leur immeuble. Il lui semblait qu'on tirait un chariot...

Accompagnés du chauffeur de taxi, les policiers se rendent en fin d'après-midi à l'adresse indiquée et prennent discrètement des renseignements auprès de la concierge. Effectivement, un Asiatique habite bien l'immeuble : M. Sagawa. Un jeune Japonais très discret et surtout très poli, précise-t-elle. Quelqu'un avec qui elle n'a jamais eu le moindre problème.

Est-il chez lui en ce moment? La concierge ne croit pas l'avoir vu rentrer mais ce matin, oui, elle l'a aperçu au moment où il sortait. Bien entendu, les policiers n'indiquent pas à la brave dame les raisons de leur présence mais, à leur attitude, elle devine qu'il s'agit de quelque chose de sérieux.

« En fait, il devrait déjà être là, s'étonne la

concierge en consultant sa pendule. D'habitude, il ne rentre jamais bien tard... »

Sagawa se doute-t-il qu'il a été repéré ? Est-il déjà en fuite ?

Les policiers n'auront pas à attendre très longtemps : vers 20 h 45, un taxi s'arrête devant la porte et un homme correspondant au signalement qu'ils possèdent en descend. La concierge confirme, c'est bien M. Sagawa. Quant au chauffeur de taxi, il reconnaît sans doute possible le client qu'il a emmené au Bois avec ses deux valises.

Ne sachant pas s'il est armé, les policiers attendent que le suspect soit descendu du taxi pour le ceinturer par-derrière et lui passer les menottes. Mais leurs précautions sont vaines : non seulement Issei Sagawa n'est pas armé mais il n'a visiblement aucune intention de résister. Seul problème : ses mains sont si petites qu'elles sortent toutes seules des menottes. C'est donc en le tenant par l'épaule que les policiers procèdent à son arrestation.

« Nous étions sidérés par son calme, raconte l'un des policiers présents ce jour-là. Il parlait peu, ne manifestait aucune émotion. »

Sagawa s'avoue juste « un peu surpris » (selon ses propres termes) qu'on l'ait localisé aussi vite et demande naïvement aux policiers comment ils ont retrouvé sa trace. « Le taxi ? Ah, oui, bien sûr, j'aurais dû y penser... » Sagawa aime bien que les choses aient une explication. Et, comme pour remercier les policiers de leur franchise, il décide, lui aussi, de jouer immédiatement cartes sur table. Sans attendre qu'on lui pose la moindre question, il lance crânement : « Je sais pourquoi vous êtes là : c'est parce que j'ai tué mon amie Renée, n'est-ce pas ? »

En arrêtant Sagawa, les inspecteurs mettent enfin un nom sur « la dépecée du Bois de Boulogne » qu'ils n'avaient toujours pas pu identifier. Il s'agit de Renée Hartevelt, une Hollandaise âgée de vingt-cinq ans qui, comme Sagawa, poursuivait à Censier des études de littérature comparée. Titulaire d'une licence de lettres qu'elle avait passée à Leyde, aux Pays-Bas, elle étudiait le surréalisme mais avait une passion pour Marguerite Duras sur qui elle préparait un mémoire. Elle était à Paris depuis le mois d'octobre 1980.

Née le 27 avril 1956 à Nijmegen, petit port de 15 000 habitants situé sur le Rhin, Renée a passé toute son enfance à Heemstede, une commune proche de Haarlem, où sa famille s'était installée.

Fille de riches industriels, elle refusait de vivre aux crochets de ses parents et finançait elle-même ses études en France en faisant des petits boulots. Après être demeurée quelque temps au foyer universitaire d'Antony, elle avait trouvé une chambre de bonne au 59, rue Bonaparte, dans le

VIe arrondissement, qu'elle occupait en échange de quelques heures de baby-sitting.

La concierge de l'immeuble s'était d'ailleurs inquiétée de l'absence de Renée et, après l'avoir signalée au commissariat du quartier, avait punaisé sur sa porte un petit mot lui demandant de passer la rassurer dès son retour.

« C'était une fille très sérieuse, droite, inspirant confiance, dit-elle. Elle adorait les enfants dont elle avait la charge et s'en occupait très bien. Elle était toujours à l'heure à ses rendez-vous, se levait tôt, travaillait beaucoup. »

Son demi-frère, l'officier de marine Benjamin Groenendijk, la décrit comme « une jeune fille tout à fait normale qui, lorsqu'elle était adolescente, avait les mêmes problèmes que tous les jeunes de son âge. Ce qui la rendait différente, c'était son intérêt pour l'art et les différentes cultures. C'est pour cette raison qu'elle aimait les voyages, les rencontres. Elle ne voyageait pas seule, d'ailleurs, car elle avait beaucoup d'amis. Et elle est partie à Paris terminer ses études de français, matière pour laquelle elle était très douée. Après avoir obtenu une bourse du gouvernement français. »

De Paris, Renée écrivait très souvent à sa famille :

« Elle nous racontait des tas d'anecdotes amusantes sur tous ces étrangers qu'elle rencontrait à Paris où elle était très heureuse. L'un d'eux était

Sagawa qu'elle trouvait très amical et très gentil avec ses drôles de coutumes. Elle l'appréciait mais elle ne le voyait jamais seul... Jusqu'au jour du drame. Dans sa dernière lettre, expédiée quelques jours avant le crime, elle nous écrivait qu'elle avait rendez-vous chez lui, ce jeudi, à 15 h... »

Ainsi, même si le chauffeur de taxi n'avait pas témoigné, la lettre de Renée aurait de toute façon amené les policiers à s'intéresser à ce « gentil Japonais »...

En perquisitionnant chez Sagawa, les enquêteurs comprennent enfin où sont passées les parties manquantes du corps découvert dans les valises. Dans un petit réfrigérateur dissimulé sous l'évier, ils découvrent une dizaine d'assiettes en carton recouvertes de sacs plastique, chacune d'entre elles contenant des blocs de viande (six kilos en tout) découpés sur le corps de la victime. Une autre assiette contient des restes de la même chair, cuits et assaisonnés de moutarde. Dans une poêle, quelques lambeaux sont restés collés.

Les policiers saisissent également une shampouineuse avec laquelle le meurtrier a tenté de nettoyer la moquette, la carabine dont il s'est vraisemblablement servi pour tuer Renée, un appareil photographique, des photographies de Renée récupérées sur ses papiers d'identité, des photos porno ainsi que la couverture de *Charlie-Hebdo* du 16 août 1979 représentant un cuisinier maintenant d'une main une jeune femme nue par le cou et découpant, de l'autre main, des tranches dans ses fesses. Titre du journal : « Le cul rôti aux herbes de Provence ».

À toutes ces pièces s'ajoutent les trente-neuf photographies prises par Sagawa (et développées par le labo de la police) au cours du dépeçage. Sur l'une d'elles, on voit un sein photographié dans une poêle, puis dans une assiette placée sur une table rigoureusement dressée et enfin entamé par le consommateur qui n'a pas manqué de l'assaisonner de moutarde. « Les photos, c'était pour garder un souvenir d'elle », déclare Sagawa à la police comme s'il s'agissait de clichés de vacances.

Les policiers retrouvent également la cassette qu'enregistrait Renée au moment du meurtre. Alors que la jeune femme déclame un texte en allemand, on entend soudain un coup de feu puis la chute d'un corps... Comble du cynisme, Sagawa avait choisi de lui faire lire des textes exclusivement centrés autour des thèmes de Dieu et de la mort !

Le 17 juin, le portrait de Sagawa est à la une de tous les journaux. C'est une photo d'identité banale (Sagawa porte un costume-cravate) qui montre un visage aussi lisse qu'inexpressif. Le contraste avec le mot « cannibale » qui accompagne ce portrait n'en est que plus frappant.

Quelques jours plus tard, une autre photo, prise au moment de l'arrestation, montre un Sagawa hagard, le regard fixe et absent. Une longue mèche de cheveux noirs en forme de vague, partant de l'arrière du crâne et ramenée vers l'avant colle à son front. Ce n'est peut-être qu'un masque mais son expression est, cette fois, beaucoup plus inquiétante.

À l'exemple du *Parisien* qui annonce, à la une, « L'effroyable récit du Japonais cannibale » (ce surnom, désormais, ne le quittera plus), l'ensemble de la presse reproduit en détail la confession de Sagawa aux policiers.

À peine arrêté, celui-ci est en effet immédiatement passé aux aveux ne cherchant pas, semble-t-il, à dissimuler quoi que ce soit aux enquêteurs. Interrogé durant quarante-huit heures, il répond très calmement à toutes les questions qu'on lui pose, éprouvant même, selon la police, une véritable « jubilation » à revivre la scène en esprit.

C'est, explique-t-il, par dépit amoureux qu'il a tiré sur Renée dont il a fait la connaissance un mois plus tôt à la faculté de Censier : « J'étais très amoureux d'elle. Elle venait de temps en temps chez moi et je lui rendais visite. Mais elle était sage et ne voulait pas avoir de relations sexuelles. Jeudi, lorsqu'elle est venue, je me suis fait pressant mais elle a repoussé mes avances en se moquant de moi. »

Croyant à une plaisanterie, Renée aurait en effet éclaté de rire, ce qui aurait rendu Sagawa furieux au point qu'il la menace avec sa carabine.

« J'étais fâché car elle se moquait de moi. Elle riait toujours et j'étais de plus en plus furieux... »

Alors que Renée lisait un texte en allemand pour Sagawa, celui-ci se serait soudain saisi de la carabine qu'il gardait toujours chargée, et, se tenant derrière elle, lui aurait tiré une balle dans la nuque. « J'étais hors de moi, furieux, et j'ai appuyé sur la détente. À ce moment-là, je la haïssais. J'ignore si je voulais la tuer vraiment. »

Sagawa affirme avoir alors transporté le cadavre dans sa baignoire, l'y avoir déshabillé puis s'être préoccupé de le faire disparaître. Le rapport de police précise : « Après avoir déshabillé le cadavre de Mlle Hartevelt, Sagawa a enlevé le tampon périodique qu'elle portait, l'a pénétrée et a éjaculé par voie vaginale, sans pratiquer de sodomie. » Ce que confirme l'intéressé en précisant : « Cela a dû durer une dizaine de secondes. J'ai arrêté car c'était désagréable et j'étais choqué de voir le sang qui coulait de sa tête. »

Et puis, comme il faut bien expliquer le carnage et surtout les morceaux de chair humaine trouvés par les policiers dans son réfrigérateur, Sagawa raconte que l'idée de la manger lui est venue au moment où il s'est demandé comment se débarrasser du cadavre.

« Tandis que je la découpais avec des couteaux de cuisine, ce qui n'a pas été facile parce que je n'y connais rien en anatomie, j'ai soudain réalisé que j'avais envie de la manger. Aussi, lorsque je l'ai dépecée, j'ai découpé des petits morceaux que j'ai mis dans le réfrigérateur pour pouvoir les manger plus tard et le lendemain, le vendredi, j'en ai consommé quelques-uns. »

Il parle aussi, pour expliquer son acte, d'une « pulsion cannibale » qui le poursuit depuis son plus jeune âge mais se déclare en même temps persuadé que « si Renée avait accepté de faire l'amour », il ne l'aurait pas mangée.

Le rapport continue :

« Vers 18 h 30, Sagawa est allé louer un appareil destiné à nettoyer la moquette ensanglantée de son appartement. Il a ensuite repris le découpage du cadavre et, vers 23 h, épuisé, il s'est couché, a dormi et s'est réveillé le vendredi vers 8 h 30. Après avoir fait l'acquisition d'une scie électrique et d'un hachoir, il a rencontré, vers 14 h 30, une amie qui devait corriger la thèse qu'il pensait soutenir sur le romancier Kawabata, puis il s'est procuré deux valises et des sacs poubelles.

« Rentré à son domicile, Sagawa a poursuivi le morcellement du cadavre en utilisant la scie et en s'aidant du hachoir, il a prélevé des morceaux de chair, en a réservé dans le réfrigérateur, en a jeté dans les poubelles et a consommé une partie du nez et de la langue.

« Dans la soirée, il a disposé le cadavre morcelé dans les deux valises et le samedi, vers 2 h 30, a appelé un taxi dans lequel il a chargé les valises et un caddy qu'il s'était procuré dans un supermarché.

Le coffre étant resté ouvert, le taxi a été intercepté par des policiers qui ont demandé à Sagawa d'aller immédiatement rendre le chariot au supermarché (sans pour autant l'interroger sur le contenu des valises). Après s'être exécuté, Sagawa a regagné son domicile avec les valises, s'est couché, s'est réveillé vers midi et est allé acheter un petit chariot à roulettes au Bazar de l'Hôtel de ville.

« Vers 15 h, il a appelé un taxi avec lequel il a transporté les valises au Bois de Boulogne et, après les y avoir déposées, il les a attachées à un arbre du fait que de nombreux promeneurs se trouvaient là.

« Revenu peu après avec un autre taxi, Sagawa a repris ses valises et les a fait transporter non loin avec l'intention de les immerger dans le lac. Il s'est alors convaincu de ce qu'un témoin avait remarqué du sang sur une des valises, a abandonné celles-ci et s'est enfui. »

Tout cela, Sagawa le raconte sans la moindre émotion et, surtout, sans manifester le moindre regret. D'ailleurs, ses aveux passés, il s'allonge sur un banc du commissariat et s'endort comme un enfant.

Chapitre 2

« *Sumimasen* »

« *Sumimasen*... Excusez-nous pour le cannibale. »

Cette phrase, prononcée avec une gêne extrême, combien de fois ne l'ai-je pas entendue alors que je découvrais le Japon, quelques jours seulement après le meurtre? L'affaire Sagawa était encore à la une de tous les journaux et la télévision rediffusait inlassablement les images de l'arrestation de celui qu'on appelait, assez curieusement, « l'étudiant parisien ». Bien sûr, tout le monde savait que Sagawa était japonais mais cela n'apparaissait jamais dans les titres. En l'appelant l'étudiant parisien, la presse semblait vouloir souligner le fait que Sagawa n'était plus un Japonais tout à fait comme les autres mais une sorte de mutant qui avait choisi de vivre selon d'autres lois. Le Japon a une tendance très nette à rejeter ceux qui ont vécu trop longtemps à l'étranger, même s'ils n'y ont pas commis de crime. Ces expatriés, surtout lorsqu'ils ont quitté le Japon volontairement, ont d'ailleurs beaucoup de mal à se couler à nouveau dans le moule et la « réadaptation » peut prendre plusieurs mois, voire plusieurs années...

Au Japon, ce qui importe avant tout c'est la relation au groupe : la famille, l'école, l'entreprise, le pays...

Quiconque ne fait pas partie du « nous » n'est tout simplement pas considéré comme un être humain, explique la sociologue Chié Nakané dans son ouvrage de référence, *La Société japonaise*[1]. On peut dès lors se demander si les Japonais considèrent réellement Sagawa comme un « cannibale », le cannibale étant, par définition, celui qui dévore son semblable. Chié Nakané précise plus loin que la « très grande froideur » du peuple japonais à l'égard des étrangers n'est pas signe d'indifférence comme c'est le cas en Inde par exemple, mais d'hostilité. Tous ceux qui ne font pas partie du « cercle » ne méritent aucune attention, aucun respect, même s'ils vivent au Japon. Ainsi, les *burakumin*, sortes d'intouchables dont les ancêtres pratiquaient des métiers en rapport avec... la viande (pratique autrefois condamnée par le bouddhisme), sont appelés *hi nin* (non humains) et sont, aujourd'hui encore, victimes d'une ségrégation

1. Éd. Armand Colin, 1973.

totalement injustifiée. Il en va de même du million de Coréens vivant, certains depuis plusieurs générations, sur le sol japonais, et jamais véritablement intégrés à la société nipponne.

Au Japon, les règles sociales ne sont jamais pensées au niveau de l'absolu individuel comme c'est le cas en Occident avec les commandements : tu ne tueras point, tu ne voleras point, etc., mais toujours relativement au groupe. Si on ne vole pas, ce n'est pas parce que c'est mal en soi mais parce que ce serait une honte que de passer pour un voleur aux yeux de la communauté. Comme le laisse entendre le proverbe : « Le voyageur abandonne sa honte », les écarts de conduite, aussi choquants soient-ils, ne sont condamnables que s'ils perturbent l'harmonie à l'intérieur du cercle « Japon ». Tout ce qui se passe en dehors est à peu près indifférent...

Cela est encore plus vrai lorsqu'il s'agit de ce qu'on appelle ici les « émotions humaines » *(ninjo)* dont le sexe fait partie. Il s'agit là d'un domaine tout à fait privé sur lequel nul n'a à rendre de comptes. Encore moins si les faits se sont passés à l'étranger, avec une *gaïjin*, une étrangère.

Au cours de mes nombreux séjours au Japon, j'ai pu constater plus d'une fois que le sexe est, là-bas, une activité qui semble davantage liée à l'anatomie pure qu'au sentiment amoureux. À Shinjuku, quartier chaud de Tokyo, j'ai vu les clients d'un strip-tease se bousculer devant la scène pour voir le mieux possible l'intérieur d'un sexe féminin. Chacun leur tour, les spectateurs étaient invités à fourrer leur tête entre les jambes écartées de la fille et, munis d'une lampe de poche, à en examiner les moindres recoins ! Dans certains clubs, le client avait même le droit d'introduire ses doigts dans le vagin à condition de laisser la fille les lui désinfecter avant ! Quand il avait terminé, il pouvait, s'il le souhaitait, réaliser lui-même une photo Polaroïd du sexe en gros plan, photo que la fille lui « dédicaçait » en se caressant la vulve.

Il est parfaitement admis, au Japon, d'avoir des tendances SM et des « chambres de torture » sont disponibles, à la demande, dans les *love hotels* qui pullulent dans des quartiers comme Shibuya ou Ikebukuro.

Plus gênant : le *lolicon* (abréviation de *Lolita Complex*, en référence au célèbre ouvrage de Nabokov) est encouragé par des dizaines de revues pour adultes où l'on voit des lycéennes (en costume marin, c'est plus excitant) s'enfoncer dans les orifices les objets les plus hétéroclites (bougies, balais, etc.). Certains n'hésitent pas à représenter des adolescentes urinant ou déféquant ou encore liées par des cordes et mimant l'orgasme dans les positions les plus humiliantes. La représentation d'une femme qu'on fait souffrir est très courante dans ce genre de revue où foisonnent les couteaux plaqués contre un sein ou une gorge.

Il y a quelques années, la police démantelait un trafic de... petites culottes usagées ramassées dans les collèges et les lycées. Les amateurs payaient aux adolescentes (qui ont vite compris leur intérêt) jusqu'à 15 000 yens (900 F) la culotte à condition que les traces soient bien visibles et, si possible, odorantes.

La presse se fait régulièrement l'écho des bizarreries et fantasmes des Japonais en matière de sexualité. En 1981, par exemple, l'année même du geste fou de Sagawa, le magazine *Lui* publiait un reportage où l'on voyait des hommes d'affaires se faisant langer comme des bébés par d'avenantes hôtesses. Allongés dans des berceaux géants, ils avaient le droit de se laisser aller à tous les « oublis » et pouvaient, à leur guise, faire pipi ou caca.

Interrogés sur cette curieuse pratique, les clients – presque tous quinquagénaires – expliquaient qu'elle leur apportait plus de relaxation qu'une passe avec une prostituée, certains allant jusqu'à parler d'une véritable régénérescence.

Plus récemment, un magazine féminin publiait une enquête sur le *nyotaimori* (littéralement : le corps décoré d'une femme), une fantaisie consistant à se faire servir des sushis sur le ventre ou le dos d'une femme entièrement nue. Suprême sophistication : la jeune fille doit être vierge !

Visiblement, Sagawa n'est pas le seul au Japon à penser que « faire l'amour et manger c'est pareil » comme le suggère d'ailleurs l'expression *niku taï kankei* (relations sexuelles) qui s'écrit avec le caractère de la viande (*niku* est également utilisé pour le porc ou le bœuf), *taï* signifiant le corps et *kankei* relation.

Quoi qu'il en soit, le sexe sert bien souvent de défouloir aux *salarymen* stressés par les rythmes de travail, qui organisent régulièrement des virées en groupe dans les quartiers chauds des grandes villes et font parfois payer aux prostituées les frustrations de leur vie quotidienne en déchaînant contre elles une violence trop longtemps contenue. On ne doit aucune considération à ces femmes qui vendent leur corps et qui sont généralement fort mal traitées : en Asie du Sud-Est où ils vont souvent « s'amuser » (on utilise le même mot, *asobu*, pour dire s'amuser et faire l'amour), les Japonais ont la réputation d'être les clients les plus pervers et les plus violents comme en témoignent encore aujourd'hui les Coréennes forcées à la prostitution par l'armée impériale au cours de la Seconde Guerre mondiale.

Certains commentateurs nippons l'ont souligné : si l'affaire Sagawa s'était produite au Japon et que sa victime avait été japonaise, le crime aurait été perçu d'une tout autre manière par l'opinion. Même s'ils ne le reconnaissent pas facilement, de nombreux Japonais estiment qu'il est moins grave de manger une Hollandaise qu'une Japonaise.

Outre cette distinction essentielle entre ce qui se passe à l'intérieur *(uchi)* et à l'extérieur *(soto)* de chez eux, les Japonais opposent ce qui est « doux » à ce qui est « rude » sans qu'aucun jugement moral – bien ou mal – soit rattaché à ces deux pôles de la conduite humaine. Tous deux sont nécessaires à la vie comme le prouve le culte dédié à Susanowo, frère de la déesse du Soleil, dont le comportement violent (il écorche un cheval qu'il lance dans le pavillon de tissage de sa sœur!) ne fait l'objet d'aucune condamnation morale. De même, à l'entrée des temples bouddhistes, on voit souvent des démons effrayants (et pourtant gentils) censés éloigner les mauvais esprits.

La morale japonaise ne repose pas, comme la nôtre, sur une distinction claire entre le bien et le mal, notions liées à la culture judéo-chrétienne et au péché originel. Les Japonais regardent la nature humaine comme essentiellement bonne et n'éprouvent pas le besoin de la combattre à l'aide d'un code moral trop rigide.

« Tout au long de leur histoire, écrit Sir George Samson, dans *Japan : a Short Cultural History*, les Japonais semblent avoir conservé, dans une certaine mesure, cette incapacité à discerner le problème du mal d'où ce refus de se colleter avec lui. »

Il n'empêche : à cause de son crime commis en France, Issei Sagawa devient, du jour au lendemain, celui qui a fait « perdre la face » à son pays. Ne va-t-on pas, à cause de lui, croire que tous les Japonais sont des cannibales en puissance ?

Interviewée par un magazine français, Keiko, une amie japonaise de Sagawa, craint que les Français voient dans ce crime une sorte de suite logique à cette habitude qu'ont les Japonais de manger du poisson cru.

Roland Barthes n'aurait sans doute pas hésité à faire le rapprochement, lui qui remarquait, dans *L'Empire des signes*, que la crudité est « la divinité tutélaire » de la gastronomie japonaise. « Si la cuisine japonaise se fait toujours devant celui qui va manger (marque fondamentale de cette cuisine), c'est que, peut-être, il importe de consacrer, par le spectacle, la mort de ce qu'on honore[1] », ajoutait le sémiologue.

De Tokyo à Hiroshima, de Kobé à Osaka, presque chaque Japonais rencontré tenait donc à me présenter personnellement ses excuses (et celles du Japon tout entier) pour ce drame.

Bien que ni eux ni moi ne fussions directe-

---

1. Roland Barthes, *L'Empire des signes*, Skira, 1970.

ment concernés, la même petite scène du *sumimasen* se répétait invariablement aussitôt que mon interlocuteur apprenait que j'étais français.

Au cours de ce premier séjour, j'ai pu me rendre compte que les Japonais ne s'excusaient pas que pour Sagawa. *Sumimasen* est utilisé des centaines de fois par jour, dans toutes les situations imaginables : je vous ai marché sur le pied : *sumimasen*; tel article n'existe pas en vert : *sumimasen*; je ne parle pas le français : *sumimasen*; j'ai conduit notre banque à la faillite : *sumimasen*; j'ai tué votre fille : *sumimasen*...

Le mot *sumimasen* qui signifie, à la lettre, « cela n'a pas de fin » est utilisé aussi bien pour dire, sans vraiment y prêter attention, « pardon, excusez-moi » que « l'offense est si grande que jamais je ne pourrai réparer ma faute ». C'est une sorte de sésame qui permet, au fond, de désarmer celui que l'on a offensé. Dans ce pays où reconnaître ses torts (et même, parfois, des torts qu'on n'a pas) est l'un des signes les plus éclatants de la grandeur d'âme, on cultive aussi, paradoxalement, ce rapport de dépendance à l'autre en se déclarant éternellement son débiteur. Érigée en principe de vie, cette dette permanente et générale constitue le fondement de la société japonaise.

À l'époque des samouraïs, les obligations *(on)* se classaient selon cinq catégories qui étaient, par ordre d'importance : le *on* reçu de l'empereur *(ko on),* le *on* reçu des parents *(oya on),* le *on* reçu de son seigneur *(nushi no on),* le *on* reçu de son professeur *(shi no on)* et enfin le *on* reçu d'autres personnes qu'on a pu rencontrer au cours de sa vie[1].

Bien entendu, à l'heure actuelle, une partie de ces obligations est tombée en désuétude du fait des profonds changements sociaux intervenus depuis la restauration impériale en 1868. Les Japonais n'en continuent pas moins de penser dans les mêmes termes et considèrent comme un devoir (*gimu* ou *giri* suivant le degré de parenté avec le créditeur) le fait de rembourser le plus complètement possible les dettes contractées au cours de leur vie, notamment auprès de leurs parents.

J'en reviens aux excuses. Au début, cette manie d'assumer collectivement le crime d'un compatriote me semblait, sinon absurde, du moins exagérée et je rassurais systématiquement mes interlocuteurs en leur affirmant qu'ils n'avaient pas à s'excuser, que Sagawa était fou et qu'aucun Français ne ferait le lien entre ce crime et le fait d'être japonais. Mais ces excuses répétées ont fini par m'intriguer.

Et si l'acte de Sagawa, apparemment unique

---

1. On trouvera une étude très détaillée sur cette question des obligations dans *Le Chrysanthème et le Sabre* de Ruth Benedict, Philippe Picquier, 1995.

dans les annales du crime, était, d'une façon ou d'une autre, lié au Japon? Ce calme et cette gentillesse que partout je rencontrais, ne cachaient-ils pas quelque instinct barbare trop longtemps refoulé? Après tout, ce Japon si poli, si raffiné, n'était-il pas, trente-cinq ans auparavant, un pays agressif qui, allié aux Nazis, avait voulu « dévorer » le reste de l'Asie? Les soi-disant médecins de l'unité 731 stationnée en Mandchourie (où le père de Sagawa a lui-même été mobilisé) n'avaient-ils pas, à l'instar du sinistre Mengele, commis les pires expériences sur les prisonniers chinois qu'ils appelaient des « bûches »? Plus troublant encore : n'avait-on pas déjà identifié des cas de cannibalisme perpétré par les Japonais lorsque ceux-ci se trouvaient en mission dans des jungles reculées du Sud-Est asiatique? Il s'agissait, il est vrai, d'un cannibalisme de survie.

Certes, le Japon avait perdu la guerre et avait dû adopter une nouvelle Constitution entièrement dictée par les Américains. Mais ce pays avait-il vraiment réfléchi sur la folie meurtrière qui l'avait conduit à sa perte?

Tout comme dix ans auparavant, en novembre 1970, le suicide rituel et spectaculaire de l'écrivain Mishima avait fait resurgir, dans un Japon moderne et démocratique, une violence oubliée, le crime de Sagawa laissait entrevoir le spectre d'un retour brutal à une barbarie archaïque et résonnait comme un cri de guerre contre une société trop aseptisée.

On trouve d'ailleurs de très nombreux points communs entre l'enfance de Mishima et celle de Sagawa. Tous deux sont issus de la grande bourgeoisie de Kobé et tous deux ont été l'objet de l'amour « dévorant » d'une mère et d'une grand-mère. Dans les deux cas, c'est la mère qui descend d'une grande famille et symbolise la tradition, le père étant d'origine modeste.

Au-delà de leur aspect spectaculaire, les actes de Mishima et de Sagawa ont un autre point commun intéressant : ils se situent l'un et l'autre au niveau du ventre (*hara*, en japonais, qui donne *hara kiri :* couper le ventre[1]) considéré par les Japonais comme le centre des émotions et, pour tout dire, comme le centre de l'homme.

« À l'époque féodale, écrit Mishima, nous croyions que la sincérité résidait dans nos entrailles et s'il nous fallait montrer notre sincérité, nous devions nous trancher le ventre pour rendre celle-ci visible[2]. »

Le *hara gei*, le langage des « tripes », est, pour les Japonais, une forme supérieure de la communication en ce sens qu'il privilégie l'émo-

---

1. Les Japonais disent *seppuku* qui utilise les mêmes idéogrammes.

2. Cité par Henry Scott-Stokes dans *Mort et vie de Mishima*, Philippe Picquier, 1996.

tion et permet de convaincre l'autre sans passer par le tamis de la raison.

Ainsi, la presse française avait d'emblée décidé que, pour avoir commis un tel crime, Sagawa ne pouvait être *que* fou. Il en allait tout à fait différemment au Japon où on le considérait soit comme un « sale type », parfaitement responsable de ses actes, soit comme un enfant totalement incapable de comprendre la portée de son crime. C'est la raison pour laquelle mes interlocuteurs s'excusaient avec autant d'insistance.

Une ou deux fois, pourtant, j'ai rencontré une certaine compréhension pour le meurtrier quand mon interlocuteur apprenait que la jeune fille qu'avait tuée Sagawa s'était moquée de lui. Si c'était une question d'honneur, alors, c'était différent... Les Japonais, c'est bien connu, détestent perdre la face et leur histoire est pleine d'exemples de massacres sanglants destinés à venger telle ou telle humiliation. L'histoire des quarante-sept *ronin* est la plus célèbre : leur maître ayant été victime d'une injustice, ils firent semblant de se plier à la décision du seigneur mais ourdirent en secret un complot contre lui et, après l'avoir tué ainsi que sa famille, s'ouvrirent tous le ventre.

Analysant le crime de Sagawa, le grand hebdomadaire *Shukan Asahi* rappellait que, cinq ans plus tôt, un étudiant japonais qui vivait, lui aussi, à Paris, était tombé amoureux de sa prof de français. Il l'avait alors demandée en mariage et, devant son refus, l'avait assassinée ainsi que ses parents avant de se donner la mort. Ce type de comportement n'a non seulement rien d'étonnant aux yeux des Japonais, mais ils ont du mal à imaginer qu'on puisse réagir autrement à une telle « humiliation ».

Dans le même article, le *Shukan Asahi* fait œuvre de pédagogie en expliquant à ses lecteurs la curieuse habitude qu'ont les Français de considérer que l'amour doit être partagé et ne peut être imposé de façon unilatérale. Il cite, pour illustrer cette « leçon », une étudiante de Langues O interviewée par le journal juste après l'arrestation de Sagawa : « Si un homme que je viens de rencontrer me fait une déclaration sérieuse, moi aussi je vais éclater de rire. Quand je pense au risque que j'ai pris... »

Le mot amour (*aï* en japonais) ne désigne pas, au départ, l'amour-coup de foudre mais le sentiment qu'éprouve un seigneur pour son vassal. L'usage du mot *aï* pour évoquer l'amour entre deux personnes égales est très récent et, encore aujourd'hui, perçu comme une coutume étrangère, exotique (c'est la romance de Paris!). Comme il n'existe pas d'expression purement japonaise pour dire « petit(e) ami(e) », on utilise fréquemment le mot *abeku* qui vient du français « avec ».

L'aventure vécue par Yoshio Makino, artiste japonais émigré aux États-Unis, est un autre exemple de cette hypersensibilité japonaise à la raillerie. Dans sa biographie, publiée en 1912, il raconte comment, enfant, il avait été traumatisé par le ricanement d'un adulte à qui il avait fait part de son désir d'aller en Amérique : « Sur le coup, j'eus l'impression que tout le sang de ma tête me descendait dans les pieds et je me dit : tout est fini à jamais. »

Makino explique qu'il peut pardonner la colère, le mensonge et même le meurtre mais qu'en aucun cas il ne peut pardonner le ricanement. « Laissez-moi vous donner, écrit-il, ma définition de deux mots. Meurtrier : quelqu'un qui assassine de la chair humaine. Ricaneur : quelqu'un qui assassine l'âme et le cœur des autres. L'âme et le cœur sont plus précieux que la chair, c'est pourquoi ricaner est le pire des crimes[1]. »

Cette explication de l'honneur bafoué aurait pu être retenue si Sagawa avait réellement subi les sarcasmes et les ricanements de Renée mais il n'en a rien été comme il finira par l'avouer lui-même aux policiers.

---

1. Cité par Ruth Benedict dans *Le Chrysanthème et le Sabre, op. cit.*

En France, les réactions, devant une affaire aussi extraordinaire, restent prudentes. Pour Jean-Charles Pascal, psychiatre au centre Jean-Wier de Paris, il s'agit de la mise au jour d'une pulsion archaïque. « Le cannibalisme, explique-t-il au lendemain du crime, existe depuis des temps immémoriaux sous la forme de repas totémiques[1] : dans certaines tribus, on consommait par exemple le foie ou le cœur des adversaires vaincus afin de s'en approprier les vertus de courage. Mais le cannibalisme représente aujourd'hui un des interdits les plus importants. Très réprimé, il est donc très tentant. »

Quant au type de maladie mentale dont serait atteint Sagawa, le Dr Pascal pense qu'il s'agit de « la réalisation psychotique d'un fantasme mot pour mot : j'ai envie de te mordre, j'ai envie de te manger, mots souvent employés dans les relations amoureuses ».

---

1. De tels repas n'ont, semble-t-il, jamais existé au Japon. On peut cependant s'interroger sur le sens de cette coutume (encore pratiquée de nos jours) qui exige qu'après la crémation d'un défunt, on saisisse, à l'aide de baguettes, les os qui n'ont pas été brûlés pour les passer à son voisin qui, à son tour, et toujours avec des baguettes, continue de les faire tourner dans l'assistance. Du fait de ce rituel, les Japonais ne se passent jamais des aliments de baguettes à baguettes lorsqu'ils sont à table. De la même manière, on ne plante jamais ses baguettes dans son bol de riz car cela évoque, là encore, un rite funéraire.

Interrogé par *Le Quotidien de Paris*, le Vénérable Na Champassak, jeune bonze bouddhiste du courant hinayaniste (dit du Petit véhicule) parle, lui, d'harmonie rompue : « Que ce Japonais soit athée ou croyant, il lui reste un soubassement shintoïste. Or, le shintoïsme a déifié la nature. Il existe au Japon tout un panthéisme et l'homme vit en communion perpétuelle avec cette nature. Une harmonie doit nécessairement être créée entre l'être et son entourage. C'est l'échange harmonieux. Je me demande si Issei Sagawa, imprégné d'un fond shintoïste, n'a pas été choqué par une rupture de l'harmonie entre lui et la jeune Hollandaise qui le repoussait. En plus, se greffe l'éternel attachement nippon à l'honneur tel qu'il était jadis prescrit par le *Bushido*, le code de conduite des samouraïs. Son honneur a été atteint à travers la rupture de l'harmonie. »

Curieusement, la nationalité de la victime de Sagawa ne suscite pas de commentaire particulier alors que la Hollande n'est pas un pays neutre dans l'Histoire du Japon. L'assassin lui-même le reconnaît : « Le premier livre de médecine qui soit jamais entré au Japon est hollandais. Ce sont aussi les Hollandais qui ont introduit l'autopsie dans notre pays. Les Hollandais sont pour ainsi dire les seuls Occidentaux qui ont pu garder le contact avec le Japon, même pendant la fermeture du pays, car ils n'étaient pas catholiques. »

En prison, Sagawa apprendra par la presse que le premier mari de la mère de Renée a été tué par les Japonais alors qu'il était prisonnier en Indonésie. « Pour sa famille, les Japonais sont vraiment des sauvages », me dira un jour Sagawa en souriant tristement.

Bien entendu, le caractère particulièrement horrible de ce crime commis en France par un Asiatique provoque quelques réactions xénophobes du type « retour du péril jaune » mais celles-ci restent au niveau du propos de comptoir et ne sont que rarement reprises dans la presse au grand soulagement des autorités japonaises qui craignent une vague de racisme anti-japonais. Le hasard veut en effet que l'affaire coïncide avec la visite à Paris (quelques jours seulement après l'arrestation de Sagawa) du premier ministre japonais, Zenko Suzuki.

Même si elle n'est pas officiellement évoquée au cours de la rencontre entre le président Mitterrand et le chef du gouvernement nippon, l'affaire Sagawa créera un sentiment de malaise très net. L'économiste Katsundo Uchihashi qui suit le voyage, déclare au quotidien *Yukan Fuji* que cet incident risque « d'accroître encore les préjugés des Français à l'égard des Japonais et de faire resurgir le cliché rétrograde du samouraï toujours prêt à dégainer son sabre ».

Alors que le Japon est de plus en plus souvent accusé d'envahir l'Europe et les États-Unis avec ses produits (au point qu'il a fallu lui imposer des quotas), l'acte de Sagawa apparaît comme le symbole d'une nation (re)devenue trop puissante et dont l'obsession serait de « dévorer » le monde économiquement après avoir échoué à le faire militairement.

Sagawa ne situera-t-il pas lui-même son étrange pulsion dans le cadre « d'un désir qu'entretient le Japon vis-à-vis de l'Occident »?

Chapitre 3

Ma lettre à Sagawa

Un jour, j'ai décidé d'écrire à Issei Sagawa. Son histoire, je l'ai dit, me poursuivait depuis mon premier voyage au Japon en 1981, le mois même où il commettait son crime. Nous étions, à présent, au mois de juillet 1985 et le Japonais cannibale venait d'être interné à l'hôpital Matsuzawa de Tokyo.

Bien sûr, je n'avais que peu d'espoir d'obtenir une réponse, n'étant recommandé par personne en particulier. Je risquais, de surcroît, de voir ma lettre censurée par la direction de l'hôpital.

D'un autre côté, je supposais que, après son crime, Sagawa n'avait probablement conservé aucun ami en France. Peut-être serait-il heureux de trouver un interlocuteur qui ne le jugerait pas *a priori*. Quant à la censure, je pouvais facilement la contourner en écrivant en français, langue que Sagawa comprenait très bien contrairement, sans doute, à ses médecins et au directeur de l'hôpital. De toute façon, je ne risquais rien à essayer.

Lorsque Louise, ma compagne, apprit que j'allais écrire une lettre au Japonais cannibale, elle fut prise d'un violent dégoût et me menaça de rupture.

Elle ne comprenait pas ce qui pouvait m'intéresser chez ce « malade » et m'accusait de complaisance quand, un peu par provocation, j'affirmais avoir l'intention de l'interviewer. Tout juste si elle ne me soupçonnait pas d'avoir, moi aussi, des pulsions perverses.

« Comment peux-tu ne serait-ce qu'imaginer parler avec un tel monstre? » s'énervait-elle. Louise n'était pas du tout sensible aux explications données par Sagawa pour justifier son acte. Elle ne croyait pas que manger une femme puisse être – comme le prétendait l'assassin – une preuve d'amour. À ses yeux, rien ne pouvait excuser ce crime répugnant et Sagawa aurait dû rester en prison (ou dans un hôpital) jusqu'à la fin de ses jours.

« As-tu seulement pensé à la famille de cette pauvre fille? me lançait-elle révoltée. N'as-tu donc aucun respect pour leur douleur? Crois-tu vraiment qu'il faille en rajouter? »

Pour Louise, la seule réponse « digne », face à une telle barbarie, c'était le silence. Seul le silence, disait-elle, peut amener l'oubli. Si toutefois il est possible d'oublier.

Si je comprenais le dégoût que Louise pouvait ressentir (elle n'était d'ailleurs pas la seule dans mon entourage à réagir de la sorte) je ne voyais pas en quoi le silence pouvait être une « réponse » et encore moins la seule. Est-ce respecter la victime que d'accepter comme une fatalité sa mort dans des conditions aussi atroces ? Il me semblait, au contraire, qu'une explication, si folle soit-elle, était de loin préférable au silence même, et peut-être surtout, pour les parents de Renée. Ne s'étaient-ils pas mille fois demandé, eux aussi, comment un intellectuel, spécialiste de Shakespeare et de Kawabata, avait pu, froidement, décider de tuer leur fille et de la... manger ? N'éprouvaient-ils pas, plus que n'importe qui d'autre, le besoin de comprendre quel absurde enchaînement de circonstances avait entraîné la mort de leur enfant ?

Si je voulais être honnête, je devais bien reconnaître, néanmoins, une certaine fascination pour cette folie qu'avait commise Sagawa et qui donnait du Japon une image soudain beaucoup moins consensuelle que ces éternels clichés sur la tradition et la modernité, la réussite économique ou le raffinement érotique des geishas dont on nous rebattait les oreilles.

Ce qui m'intriguait le plus, c'était que ce crime ne ressemblait pas à ces meurtres perpétrés par des sadiques qui prennent plaisir à torturer et à violer leurs victimes avant de leur donner le coup de grâce. D'après ses déclarations, Sagawa semblait au contraire ennuyé d'avoir « dû » tuer Renée pour la manger et n'avait presque rien fait pour échapper à la police. Son comportement bizarre, notamment au Bois de Boulogne, lorsqu'il avait attaché les valises à un arbre et était allé contempler le coucher du soleil, ne correspondait en rien à celui d'un meurtrier aux abois. Sagawa n'avait jamais tenu compte, me semblait-il, de la peine qu'il encourait et en dépit de l'atrocité de son crime, attendait avec confiance la suite des événements. En fait, Sagawa m'apparaissait plutôt comme un personnage de roman, à mi-chemin entre l'Idiot de Dostoïevski et ces vieillards lubriques des Belles Endormies de Kawabata qui ne parvenaient à jouir qu'en manipulant des corps inertes. Le ton d'évidence avec lequel il ressassait que, pour lui, manger était la suite logique de l'amour, me rappelait aussi ce moine du pavillon d'Or à qui il semblait naturel d'incendier la célèbre pagode lorsqu'on était ébloui, comme il l'était, par sa beauté et sa perfection...

Et si, pensais-je alors, le crime atroce de Sagawa était, d'emblée, un crime littéraire?

J'ai conscience, quinze ans plus tard, d'avoir fait preuve d'une certaine complaisance dans mes lettres à Sagawa et je ne les écrirais sans doute pas de la même manière aujourd'hui. Mais j'étais, à l'époque, dans la logique journalistique du scoop et je souhaitais me donner les meilleures chances d'obtenir une interview. En me présentant comme un étudiant qui préparait une thèse sur le cannibalisme j'installais entre nous, du moins le croyais-je, la distance du « scientifique ».

Paris, le 25 juillet 1985

M. Issei Sagawa
Hôpital Matsuzawa
Tokyo

Cher Monsieur Sagawa,

Tout d'abord, je vous prie d'excuser la liberté que je prends de vous écrire. Cependant, si je me décide à vous envoyer cette lettre, c'est parce qu'à force d'y réfléchir, je trouve que votre histoire est peut-être la plus extraordinaire, la plus poignante du XXe *siècle. J'ai lu avec passion tous les articles de journaux vous concernant ainsi que le livre que Juro Kara*[1] *a écrit d'après vos lettres. Ces différentes lectures ont fait naître en moi un certain nombre de questions auxquelles vous seul pouvez répondre.*

Avant de vous en faire part, il serait peut-être

---

1. *La Lettre de Sagawa*, lauréat du prix Akutagawa en 1983 et publié en français par Robert Laffont la même année.

temps que je me présente. Je suis étudiant en japonais à l'université de Paris-VII. J'étudie également la psychologie et je prépare une thèse sur le cannibalisme. Bien qu'ayant toujours vécu à Paris, je suis déjà allé plusieurs fois au Japon car ce pays me fascine.

J'en reviens, à présent, aux questions que je désire vous poser :

1) Dans vos lettres à Juro Kara, vous parlez d'un livre que vous êtes en train d'écrire et que vous avez intitulé Dans le brouillard. *L'avez-vous terminé ? J'aimerais compter parmi vos premiers lecteurs, même s'il n'est disponible qu'en japonais.*

Ici, en France, nous n'avons aucune nouvelle de vous. Que faites-vous de vos journées à l'hôpital où vous séjournez ? Avez-vous parfois le droit de sortir ? Lors d'une récente visite au Japon, j'ai eu l'occasion de me rendre dans un hôpital psychiatrique. J'ai été frappé par la différence avec les hôpitaux français. Le médecin-chef de l'hôpital n'avait jamais lu Freud ! Pensez-vous que vous êtes bien soigné ? Croyez-vous que les psychiatres japonais parviendront à vous guérir ?

2) Dans votre première lettre à Juro Kara, vous dites que l'adoration d'un Japonais pour une femme occidentale, jusqu'à manger sa chair, est « l'expression d'un désir qu'entretient le Japon vis-à-vis de l'Occident ». Voilà une idée qui m'intéresse au plus haut point et que j'aimerais vous demander d'approfondir pour moi.

3) À lire vos lettres (à Juro Kara), on a le sentiment que, non seulement vous ne regrettez pas votre acte mais qu'au contraire vous semblez, en quelque sorte, soulagé, délivré d'une obsession qui vous tracassait depuis longtemps. Avez-vous le sentiment aujourd'hui que la mort de Renée était indispensable pour vous délivrer de cette angoisse?

Avez-vous pensé, en mangeant Renée, que vous possédiez une femme comme aucun homme ne l'avait possédée avant?

J'aimerais aussi savoir à quel moment de votre vie vous est venue, pour la première fois, l'idée de manger une femme et si cette idée était, pour vous, liée à l'érotisme.

4) La société vous range dans la catégorie des fous car, d'un point de vue légal, ou même simplement social, elle ne peut admettre qu'un homme aime une femme au point de la manger. Mais je voudrais savoir si, vous-même, vous vous considérez comme fou. En lisant et relisant vos lettres, j'ai plutôt eu le sentiment que vous êtes quelqu'un de très intelligent et de très cultivé. J'aimerais savoir quels sont vos goûts en matière de littérature, quels sont les auteurs que vous appréciez particulièrement.

Bien sûr, j'ai encore de nombreuses questions à vous poser mais je ne veux pas vous ennuyer et j'attendrai, avant de vous écrire à nouveau, que vous m'assuriez que vous voulez bien correspondre avec moi. J'espère aussi avoir un jour ou l'autre, l'occasion de vous rencontrer et je ne manquerai pas, quand je viendrai au Japon, de demander l'autorisation de venir vous voir.

Vous pouvez, bien entendu, me poser toutes les questions que vous voudrez sur la France ou n'importe quel sujet. Je m'efforcerai d'y répondre.

J'ose espérer que, malgré le caractère direct de mes questions, vous prendrez ma lettre au sérieux et que vous me répondrez. J'attends avec impatience de vos nouvelles.

Cordialement,

Patrick Duval

Le 2 août 1985, soit une semaine tout juste après que j'eus expédié ma lettre, je trouvai, dans ma boîte, une enveloppe blanche de format allongé sur laquelle mon nom et mon adresse étaient dessinés d'une écriture appliquée, un peu enfantine. En haut à gauche de l'enveloppe, figuraient les initiales I.S. et l'adresse de l'hôpital Matsuzawa.

C'était donc aussi simple que cela ! Il avait suffi d'écrire une « lettre à Sagawa » et une semaine plus tard, j'avais, dans les mains, sa réponse.

Certes, la lettre était relativement courte mais Sagawa avait pris en considération chacune de mes questions. Surtout, il semblait enthousiaste à l'idée d'établir avec moi une correspondance.

Je ne savais pas, alors, que cette lettre était la porte par laquelle Sagawa m'invitait à pénétrer dans son univers malade ni qu'il se livrerait, quelques mois plus tard, avec une telle sincérité.

Tokyo, le 30 juillet 1985

Cher Monsieur[1],

J'ai bien reçu votre lettre datée le 25 juillet et je vous en remercie beaucoup.

Je suis content de savoir que vous préparez une thèse sur le cannibalisme puisque, moi aussi, j'ai l'intention d'écrire un essai sur le cannibalisme en basant sur mon affaire.

Or vous m'avez posé quelques questions : malheureusement, je ne suis pas à la situation convenable pour y répondre mais je vais essayer d'y répondre très simplement et si j'ai l'occasion de vous voir, j'y répondrai plus précisément.

1) Dans le brouillard *a été déjà publié il y a deux ans. Je ne peux pas l'acheter mais je peux*

1. Afin que le lecteur puisse juger du niveau de français de Sagawa, ses lettres sont retranscrites sans corrections.

vous donner l'adresse de la publication : vous pourrez le lui demander.

Je peux me promener dans le jardin de l'hôpital. Je crois que le niveau de l'hôpital psychiatrique japonais est assez haut et que des médecins sont très intelligents.

2) Je crois que tous les Japonais ont le sentiment pareil, consciemment ou inconsciemment.

3) Je ne crois jamais que la mort de Renée était indispensable : je regrette énormément sa mort !

En mangeant Renée, le sentiment que j'éprouvais c'était « la tristesse ».

D'abord, j'avais envie de manger des garçons qui avaient le même âge que moi, c'est-à-dire, environ sept ans ou huit ans.

Ensuite, après que j'avais connu le sentiment sexuel, l'objet de ma pulsion est devenu la jeune fille.

4) Je ne crois pas que je suis fou.

J'aime Tolstoï et Shakespeare.

Votre amabilité m'encourage de vous demander ainsi : je voudrais trouver, si possible, le film vidéo titré Le Cannibal dernier *(?) dans lequel deux jeunes filles qui étudiaient le cannibalisme ont été mangées par des cannibales.*

S'il n'y a pas de vidéo, je voudrais des documents concernant ce film.

En tout cas, si vous voudriez bien m'indiquer et si possible m'envoyer (bien sûr, si cela ne vous dérange pas) je serais très heureux.

Mon amie japonaise prendra contact avec vous pour vous informer sur moi. J'ai confiance en elle et vous pouvez compter sur elle.

Cordialement,

Issei Sagawa

Et moi qui voulais garder la distance du scientifique ! Dès la première lettre, Sagawa me prenait à mon propre piège en se posant, lui aussi, comme spécialiste du cannibalisme (et pour cause !) et en s'adressant à moi comme à un « collègue » à qui il pouvait demander de la « documentation ». Mais, grisé par cette aventure épistolaire et espérant provoquer une nouvelle lettre, je répondis immédiatement à Sagawa.

Paris, le 18 août 1985

Cher Monsieur,

Je vous remercie tout d'abord d'avoir bien voulu répondre à ma lettre de façon aussi gentille. D'autant que, comme vous me l'écrivez, vous n'êtes pas dans une situation idéale pour approfondir les quelques questions que je me suis permis de vous poser. Aussi, je vous suis infiniment reconnaissant d'avoir, malgré tout, essayé de le faire. J'en profite pour vous féliciter sur la qualité de votre français qui est excellent. J'aimerais parler le japonais aussi bien !

Pardonnez-moi de ne pas connaître votre situation actuelle mais, depuis votre départ pour le Japon, la presse française n'a plus jamais parlé de vous. Combien de temps pensez-vous rester à l'hôpital ?

Avant d'aller plus avant, je veux vous donner une réponse sur la cassette vidéo que vous m'avez demandée. D'après les renseignements que j'ai pu obtenir, le film dont vous parlez ne s'appelle pas Le Cannibale dernier *mais* Canibal Ferox. *Il date de 1982. Si vous le désirez, je peux l'acheter pour vous et vous l'expédier par la poste. Quant à la documentation sur le film, elle est pratiquement inexistante car très peu de critiques ont paru. Tout ce que je peux vous dire, c'est qu'il s'agit d'un film italien de Umberto Lenzi avec John Morghen, Lorraine Deselle... L'histoire correspond à peu près à ce que vous dites dans votre lettre.*

Savez-vous que le magazine Photo *a publié, en décembre 83, les photos du corps de Renée ? Le magazine a été interdit tout de suite car les photos avaient été volées à la police.*

Je trouve que vous avez raison de vouloir écrire un essai sur le cannibalisme. Cela vous permettra sûrement d'y voir plus clair dans les raisons qui vous ont poussé à manger Renée. De plus, bien des gens aimeraient avoir une explica-

tion de votre geste. En ce qui me concerne, votre livre m'aidera sûrement pour ma thèse. Savez-vous à peu près quand vous l'aurez terminé?

Je voulais également vous prévenir qu'il se peut que je vienne à Tokyo cet hiver. Croyez-vous qu'il soit possible, dans ce cas, de nous rencontrer? Avez-vous le droit de recevoir des visites d'étrangers? Quoi qu'il en soit, je demanderai l'autorisation de vous voir.

Dans l'attente d'une nouvelle lettre de vous, je vous prie d'agréer, cher Monsieur, mes sincères salutations.

Patrick Duval

Sagawa, une fois encore, me répondit rapidement, me demandant à nouveau de lui expédier des cassettes de films de cannibales. Il insistait également pour que je lui envoie le magazine *Photo* qu'il n'avait jamais réussi à se procurer en dépit de ses efforts.

Le 29 août, vers 5 h du matin, la sonnerie du téléphone me réveille. Une voix féminine me demande en anglais si j'accepte un *collect call* du Japon de la part de M. Sagawa. Quelques secondes plus tard, une voix me chuchote :

« C'est moi : Sagawa. Excusez-moi de vous appeler à cette heure-là et en PCV mais mes parents ne veulent pas que j'appelle qui que ce soit et si je vous avais appelé directement, ils s'en seraient aperçus...

– Cela n'a pas d'importance. Vous avez reçu ma deuxième lettre ?

– Oui, je vous remercie. Je vous ai d'ailleurs répondu mais j'avais besoin de vous parler... [*long silence*]. S'il vous plaît, envoyez-moi *Canibal Ferox*... Ma vidéo est en Betamax... Je crois qu'il y a une différence avec la France... Pouvez-vous vous renseigner ? Vous recevrez 300 F.

– D'accord. Vous vouliez me dire autre chose ?

– Oui. Au sujet du magazine *Photo*. J'en ai entendu parler mais je ne l'ai pas vu. J'aimerais le voir, ainsi que le *Paris Match* du 10 juillet...

– Le numéro de *Photo* a été interdit, ce sera très difficile de le trouver...

– S'il vous plaît, essayez de le trouver pour moi. Si vous me l'envoyez, ne l'envoyez pas en même temps que la cassette à cause de la censure... Silence... Je serai très content de vous voir à Tokyo. Excusez-moi encore pour le PCV... »

Quelques jours plus tard, je recevais effectivement la lettre annoncée.

Tokyo, le 28 août 1985

Cher Monsieur,

Je suis très heureux d'avoir reçu votre réponse et des documents sur le film.

C'est très intéressant. Je vous en remercie beaucoup.

Mon livre dont je vous ai parlé l'autre fois, je viens de le commencer et, donc, je ne peux pas dire quand je le finirai mais en tout cas, s'il est utile à vos études, je serais très content.

Or, je vous remercie pour le renseignement sur le film Canibal Ferox *et je voudrais vous demander de me l'expédier. Vous recevrez 300 F. Vous parlez du magazine* Photo *publié en décembre 83. Je ne l'ai pas vu et je voulais le voir il y a longtemps. Veuillez me l'expédier si cela ne vous dérange pas.*

Veuillez avoir l'amabilité de m'envoyer en même temps le magazine Paris Match *en 10 juillet 81 (M 2533-1676).*

Quant à Dans le brouillard*, il a été publié par l'éditeur sans me prévenir et je ne suis pas du tout content à ce livre. Parce qu'il n'est jamais complet et que je n'ai pas le temps de le corriger. Je publierai, un an ou deux après, l'édition définitive.*

On m'a dit qu'il y aura l'émission sur moi en TV le 20 septembre. Si vous vous intéressez, vous pouvez la voir. Cependant, cette émission sera diffusée malgré moi : je n'ai jamais donné la permission au directeur.

Si cela ne vous dérange pas, voulez-vous l'enregistrer et me l'expédier.

Je suis en train d'écrire une thèse sur le film,

surtout concernant le cannibalisme. Quand il est fini, je vous le présente pour votre thèse. Or pour lui, j'ai besoin du film Emmanuelle IV.

Je suis très confus de vous déranger beaucoup et d'abuser votre amabilité mais si vous voudriez bien de l'envoyer, je serais très heureux.

Mais en tout cas, la cassette Canibal Ferox *est la plus urgente et la plus importante.*

J'attends avec plaisir votre visite de cet hiver et je suis convaincu que je peux vous voir.

Je vous prie d'agréer, cher Monsieur, à l'expression de mes sentiments respectueux.

Issei Sagawa

P.S. Si vous souhaitez ma réussite de mon œuvre, je vous prie de m'apporter la revue Photo *mais pour éviter le malentendu, je crois qu'il vaut mieux n'en parler à personne.*

Pour éviter d'être censuré, je crois qu'il vaut mieux ne pas envoyer le magazine Photo *avec la cassette et si possible, il vaut mieux d'expédier deux exemples de* Photo *séparément, ou un d'eux, de l'apporter dans votre voyage prochain pour Japon.*

La remise en liberté de Sagawa est intervenue au beau milieu de notre correspondance. À partir des lettres suivantes, il m'écrit de chez ses parents puis de son propre domicile dont je suis le seul, en dehors de sa famille, à connaître l'adresse. Je n'ai malheureusement pas conservé de double de mes réponses à ses dernières lettres. Je me rappelle juste que je lui annonçais mon intention de lui rendre visite au Japon. Je lui faisais également part de ma très grande réticence à lui envoyer ou à lui apporter la revue *Photo*. Plus que de la complaisance, cela aurait frisé la complicité.

Je ne voulais pas être celui grâce à qui il pourrait jubiler devant les images de son crime et, peut-être, basculer à nouveau dans la folie. Pour moi, il était hors de question, même si je la trouvais, de procurer la revue à Sagawa.

Tokyo, le 18 septembre 85

Cher Monsieur,

Je suis très content de savoir votre visite au Japon. Pour venir me voir, je vous propose de prendre un taxi et de montrer le plan de mon quartier (ci-joint) au chauffeur. Je crois qu'il est la meilleure façon.

Également, je vous souhaite de ne surtout pas sonner le sonnerie de ma porte (frappez la porte, s'il vous plaît) et de venir me voir précisément à minuit si possible s'il vous plaît.

Sur le sujet de la revue Photo, *je comprends*

très bien vos sentiments et je vous remercie pour votre attention très délicate pour moi.

Mais comme je vous ai dit, ce n'est pas du tout la peine de vous inquiéter de moi. Au contraire, pour achever mes mémoires sur mon affaire, j'ai absolument besoin de la voir : quand j'écris, je sens maintenant suivre que l'illusion, éloigné de la réalité. Mais pour mieux écrire et exprimer, je dois saisir la réalité. Parce que je crois que, dans la combinaison de la réalité et l'illusion, mon œuvre sera vraiment achevée.

Malheureusement, je n'arrive pas bien à expliquer en français mais c'est extrêmement important pour moi.

Avec tous mes remerciements anticipés, je vous prie d'agréer, cher Monsieur, à l'expression de mes sentiments les plus respectueux.

Issei Sagawa

Dans ma réponse à cette lettre, je restais évasif sur la question du magazine en expliquant à Sagawa qu'il était, de toute façon, très difficile de se le procurer, tous les exemplaires ayant été retirés de la vente. Je lui indiquais, en revanche, qu'un reportage avait été diffusé sur une chaîne française comportant des extraits d'une interview de lui réalisée dans des conditions rocambolesques par des journalistes français alors qu'il se trouvait encore à l'hôpital. Il apparaissait, dans cette interview, que Sagawa était toujours en proie à son délire anthropophagique qu'il revendiquait haut et fort, n'exprimant pas le moindre regret d'avoir tué Renée.

Mito, le 11 novembre 85

Cher Monsieur,

J'ai bien reçu votre lettre et je vous remercie de vos efforts de trouver les cassettes et la revue que je vous avais demandés.

L'émission de TV dont vous m'avez parlé dans votre lettre, est-ce qu'elle a été diffusée en France et est-ce qu'elle a touché ma vie en hôpital japonais avec mes photos ou quelque chose? Parce que le directeur m'a dit que mon interview qui a été fait en juin n'a pas encore été diffusé. En tout cas, je n'ai jamais dit que je ne regrette pas d'avoir tué Renée! Cela m'a étonné beaucoup.

Je vais essayer de répondre de tout mon possible vos questions lors de votre visite au Japon. Je vous donne ma nouvelle adresse et le numéro de téléphone. Si vous m'informez le nom de votre hôtel au Japon et le numéro de téléphone, je vais vous y chercher.

Bien amicalement,

Issei Sagawa

Ma lettre suivante était accompagnée d'un dossier d'une dizaine de pages sur les films de cannibales italiens. J'avais écrit à Sagawa que je souhaitais le rencontrer longuement afin qu'il me parle non seulement de son obsession cannibale mais aussi de son enfance et de sa famille.

Mito, le 4 décembre 85

Cher Monsieur,

J'ai reçu votre lettre et un document sur le cannibalisme : je vous en remercie beaucoup. Ce dossier m'intéresse beaucoup. Comme je vous ai dit au téléphone, bien que je sache que c'est assez difficile d'obtenir des cassettes des films de cannibales italiens cités dans les documents, si c'est possible et cela ne dérange pas, je voudrais fortement les voir puisque je pense qu'elles sont absolument nécessaires pour mon essai sur le cannibalisme. Je marque ses noms au dessous :

Apocalypse Domani, Antropophagous, Canibal Ferox, Viol sous les Tropiques *(*Emmanuelle chez les cannibales*)*, La Terreur des Zombies, L'Enfer des Zombies, La Montagne du dieu Cannibale.

Surtout, je m'intéresse au Viol sous les Tropiques? *Si on peut les copier, ce serait la meil-*

leure solution mais si c'est impossible, je vais les acheter.

On va sûrement se rencontrer au Japon et se parler pleinement.

En attendant votre arrivée au Japon, je vous prie d'agréer, cher Monsieur, à l'expression de mes sentiments les plus respectueux.

Issei Sagawa

P.S. Est-ce que vous pensez que c'est possible que je contacte avec les metteurs en scène italiens des films ci-dessus?

Après avoir longuement hésité, j'ai fini par expédier à Sagawa l'une des cassettes qu'il me réclamait. Peut-être était-ce moralement douteux. Je ne sais pas. Il me semblait, en tout cas, que c'était le prix à payer pour ne pas rompre le lien et créer entre nous le climat de confiance indispensable à l'entretien que nous allions avoir.

Sagawa fut évidemment ravi.

Mito, le 11 janvier 1986

Cher Monsieur,

Je vous remercie beaucoup pour votre lettre et la cassette de Canibal Ferox. *Je l'ai vue tout de suite (elle marche très bien par mon magnétoscope) et cela m'intéresse beaucoup, bien qu'elle ne traite le cannibalisme qu'à la façon grotesque et qu'elle évide* [sic] *la scène de dévoration des jeunes filles.*

Si j'étais le metteur en scène de ce film, je mettrais le cannibalisme au premier plan plus fortement.

Avez-vous trouvé la cassette de Emmanuelle IV*? Si vous m'informez le prix (prix d'envoi également) je vais vous envoyer l'argent tout de suite. Également pour des autres films, voulez-vous me dire tous ces prix? Je vais essayer de vous envoyer.*

Je voudrais bien aller en Italie mais croyez-vous que c'est possible? De ma part, je vais essayer de demander à l'administration du Japon si c'est possible mais je crois que ma plus grande difficulté, c'est d'entrer aux autres pays. Voulez-vous demander, par exemple, au gouvernement italien si c'est possible qu'il m'accepte d'entrer?

Je vais écrire le plan de mon (ou mes) scénarios sur le cannibalisme pour les metteurs en scène italiens. Si cela ne vous dérange pas, voulez-vous les leur passer en traduisant en italien? Et j'espère qu'ils sont utiles pour votre thèse.

En vous remerciant vivement encore et en vous souhaitant toujours de venir au Japon et me voir, je vous prie d'agréer, cher Monsieur, à l'expression de mes sentiments les plus respectueux.

Issei Sagawa

Quelques jours après avoir reçu cette lettre, j'annonçai à Sagawa la date de mon arrivée au Japon. Il était sorti de l'hôpital depuis plusieurs mois et, après avoir vécu quelque temps chez ses parents, avait convaincu son père de lui louer un appartement à Mito, à deux heures environ de Tokyo. Là-bas, pensait-il, il serait tranquille, à l'abri de la presse et d'éventuelles vengeances. Il avait d'ailleurs pris la précaution de changer d'identité, choisissant pour prénom Hajime qui signifie « début » ou « commencement » et pour nom, Morimoto, de *mori* = le bois et *moto* = l'origine. Le message était clair : la vie de Sagawa avait pris un nouveau départ depuis l'affaire du Bois de Boulogne ! Une véritable renaissance !

Mais Hajime peut aussi s'écrire avec l'idéogramme *haji*, la honte et *me*, la femme. Hajime est d'ailleurs un prénom essentiellement féminin.

Nous étions convenus que Sagawa/Morimoto viendrait me chercher à la gare.

Chapitre 4

À la rencontre du Japonais cannibale

Tokyo, le 11 février 1986.

Est-ce vraiment prudent de rencontrer seul à seul un assassin?

Plus l'heure de mon rendez-vous avec Sagawa approche, plus je me dis que je n'aurais jamais dû embarquer dans une pareille histoire. Louise n'avait peut-être pas tout à fait tort.

Certes, le fantasme de Sagawa concerne *a priori* uniquement les femmes mais sait-on jamais ce qui peut se passer dans la tête d'un fou? Avant de le rencontrer, j'ai en tout cas pris la précaution de laisser son adresse à Diana, une amie franco-japonaise installée au Japon depuis plus de vingt ans. Nous avons ensemble fixé une heure au-delà de laquelle, si je ne l'avais pas appelée, elle avertirait la police.

Le fait que Sagawa m'ait proposé de venir me chercher à la gare de Mito me rassure. Si c'est possible, j'essaierai de faire en sorte que nous soyons toujours dans des lieux publics, avec des gens autour de nous.

Avant de quitter Tokyo, j'appelle Sagawa pour lui annoncer que, finalement, je prendrai le train avec une heure de retard sur le programme que nous avions arrêté la veille ensemble. J'arriverai à Mito à 12 h 30.

Au bout du fil, il a l'air un peu contrarié. Pas par mon retard, mais parce que, m'explique-t-il, il y a depuis ce matin, des types bizarres qui rôdent devant son immeuble avec des appareils photo. Il est certain que ce sont des journalistes et me demande si, par hasard, je n'aurais pas prévenu quelqu'un. « C'est quand même étrange, ajoute-t-il, ça fait plus d'un mois que je suis installé ici en tout anonymat et justement le jour de votre arrivée, les journalistes trouvent mon adresse ! »

Soupçonne-t-il que je suis moi-même journaliste ? Est-ce une façon de me tester ?

La seule personne au courant des détails de mon rendez-vous est Diana, or je la connais depuis plusieurs années et j'ai toute confiance en elle. Pourquoi d'ailleurs m'aurait-elle trahi alors que c'est elle qui, quelques mois plus tôt, a déniché pour moi l'adresse de l'hôpital psychiatrique où Sagawa était interné à Tokyo ?

Néanmoins, j'avoue que, dans la panique où me jette la question de Sagawa, j'en viens à suspecter mon amie d'avoir « vendu la mèche ».

Peut-être a-t-elle seulement, sans penser à mal, confié à quelqu'un que Sagawa se cachait à Mito.

Malgré mes doutes, je continue d'affirmer à Sagawa qu'il ne peut s'agir que d'une coïncidence et que ces journalistes qui le traquent n'ont rien à voir avec moi. Sagawa reste silencieux quelques secondes puis me dit : « Je vous crois. » Mais plus question pour lui de prendre le risque de venir me chercher à la gare comme prévu.

« Il faudra que vous veniez chez moi et que vous y arriviez par vos propres moyens », m'annonce-t-il sur un ton qui sous-entend : « Vous l'avez bien cherché. »

Le scénario qu'il me propose ensuite pour le rejoindre me donne carrément des sueurs froides :

« Voilà ce qu'on va faire, m'explique-t-il d'une voix soudain beaucoup plus enjouée : depuis la gare, vous vous ferez conduire en taxi jusqu'à l'hôtel Gurando qui est situé juste à côté de chez moi. Je vous ai réservé une chambre. Pour ne pas attirer l'attention, vous entrerez dans l'hôtel mais vous en ressortirez au bout de cinq minutes. Vous pouvez laisser vos bagages à la consigne. À gauche de l'hôtel, vous verrez une rampe pour voitures qui conduit au sous-sol de mon immeuble. Cela vous évitera de passer par le hall d'entrée où sont massés tous les journalistes. S'ils vous voient, ils se douteront que vous venez me voir et ils ne nous lâcheront plus. Il n'y a presque pas d'étrangers à Mito...

« Donc, vous descendrez au sous-sol (qui est un parking) et, de là, vous prendrez l'ascenseur jusqu'au cinquième étage. Quand vous sortirez de l'ascenseur, regardez bien autour de vous. S'il y a quelqu'un sur le palier, surtout ne sonnez pas ! Vous redescendrez comme si vous vous étiez trompé et vous me rappellerez au téléphone. Si, par contre, il n'y a personne, sonnez trois petits coups et je vous ouvrirai. »

Sentant sans doute mon manque d'enthousiasme, Sagawa ajoute en riant : « Excusez-moi, ça ressemble un peu à du mauvais cinéma, mais je ne vois pas comment faire autrement. »

J'avais tout imaginé sauf de me retrouver avec lui en tête à tête dans son appartement ! En raccrochant, je me demande s'il ne vaudrait pas mieux tout annuler et rentrer en France. Diana, à qui j'annonce par téléphone que Sagawa est (ou prétend être) encerclé par la presse, est aussi perplexe que moi. Elle est persuadée, elle aussi, qu'il s'agit d'une coïncidence et me jure qu'elle n'a parlé à personne de mon rendez-vous avec le cannibale. « Tu sais, il fait partie de ces personnalités pourchassées en permanence par la presse. Une image de lui prise à la sauvette se vend aussi cher au Japon que celles de Caroline ou de Stéphanie de Monaco en France. Un journaliste aura eu l'info par la police ou par un indic quelconque. Et au Japon, quand un journaliste est au courant, ils viennent toujours faire le « scoop » à une dizaine. »

Vaguement rassuré mais surtout honteux d'avoir injustement soupçonné mon amie, je prends le train pour Mito.

En descendant du train, je ne peux m'empêcher de chercher Sagawa des yeux. Après tout, il a peut-être changé d'avis. Ou bien il est là, tapi dans un coin, épiant mes faits et gestes. Mais non, visiblement, personne ne m'attend. Je ne sais pas trop si je dois m'en réjouir ou au contraire m'en inquiéter.

Loin d'être le village que j'imaginais, Mito est une grande ville avec de nombreux *depato* (grands magasins) et d'interminables files de taxis qui attendent le client devant la gare. Comme à Tokyo, les chauffeurs portent des gants blancs et la portière arrière des voitures s'ouvre et se ferme automatiquement.

Soit l'hôtel Gurando n'est pas très connu, soit je prononce mal ce nom. Le résultat c'est que le chauffeur est obligé de chercher très longtemps dans son plan de la ville pour le trouver. Loin de m'en agacer, j'apprécie ces minutes de répit. La perspective de réaliser un scoop ne m'apporte pas le moindre réconfort. Plus l'heure du rendez-vous approche, plus je suis convaincu que je n'aurais jamais dû venir ici. Cette ville, soudain, sent la mort. Je repense aux photos du cahier fermé de *Photo*. J'ai l'impression de réaliser seulement maintenant que j'ai rendez-vous avec le type qui a fait ça !

Le Gurando est un hôtel prétendument « à l'occidentale » mais en réalité typiquement... japonais. C'est ce qu'on appelle, au Japon, un *business hotel*. Cela signifie qu'on dort dans un lit et non sur un futon et qu'on a le choix, le matin, entre un *american breakfast* et le traditionnel petit déjeuner à la japonaise avec riz, poisson et algues.

Il n'y vient, bien entendu, pour ainsi dire jamais d'Occidentaux.

Une chambre a été réservée à mon nom ce qui est plutôt bon signe. Si Sagawa avait eu de mauvaises intentions à mon égard, il aurait veillé à ne pas laisser de traces de mon passage. Cependant, je me trouve bien imprudent d'avoir accepté un pareil rendez-vous.

Comme Sagawa me l'a conseillé, je laisse ma valise à la consigne de l'hôtel et, prenant ma respiration, je ressors. Advienne que pourra !

À gauche de l'hôtel, je repère effectivement une rampe qui descend vers un trou noir mais avant de m'y engouffrer, je jette un coup d'œil vers le hall d'entrée de l'immeuble pour vérifier si la « meute » de journalistes est là. Le spectacle du hall absolument vide me glace le sang.

Mais, au point où j'en suis, que puis-je faire d'autre que de suivre les instructions de Sagawa ? Avec mille précautions, je m'engage sur la rampe qui descend sous l'immeuble. Au fur et à mesure que je progresse, il fait de plus en plus sombre.

Le sous-sol est plongé dans une obscurité presque totale et je dois chercher le commutateur à tâtons. Mon pied heurte quelque chose de mou... Il faut absolument que je trouve la minuterie! À force de palper le mur, je finis par tomber sur l'interrupteur mais je m'aperçois alors qu'il n'y a pas le moindre ascenseur! Pas de journalistes, pas d'ascenseur... Tout cela commence à me mettre les nerfs en pelote et à nouveau mon cerveau s'emballe : c'est sûrement un piège que m'a tendu Sagawa! Après sa première déposition, Sagawa n'a-t-il pas finalement avoué avoir attiré Renée chez lui dans l'unique but de l'assassiner?

Je remonte aussi vite que possible. Une fois à l'air libre, l'idée de piège me paraît absurde. Pourquoi Sagawa voudrait-il me tuer, moi, alors qu'il ne m'a jamais vu? S'il avait vraiment voulu tuer quelqu'un, pourquoi m'aurait-il spécialement attendu? N'y a-t-il pas assez de victimes potentielles à Mito? Allons, tout cela ne tient pas debout! J'ai dû me tromper de rampe, voilà tout.

À quelques mètres de là, j'avise une cabine de téléphone d'où j'appelle Sagawa. On décroche. Silence. Sagawa ne parle jamais le premier.

Quand il reconnaît ma voix, il s'étonne : « Qu'est-ce qui se passe? Vous êtes perdu? » Je lui demande si les journalistes sont toujours là. Il me répond qu'il ne sait pas mais que l'un d'eux, tout à l'heure, a violemment frappé à sa porte en hurlant son nom. Le faux d'abord, puis le vrai. « Il a fait tellement de scandale que je ne suis pas sûr de rester ici. Ne vous inquiétez pas, je vous attends. »

Avec les explications qu'il me donne cette fois, je ne devrais plus me tromper.

L'immeuble où habite Sagawa est de l'autre côté de l'hôtel : à gauche, oui, mais quand on sort, pas quand on le regarde ! C'est un petit immeuble blanc assez coquet de cinq étages comme on en trouve sur la Côte d'Azur.

Cette fois, je trouve tout de suite la bonne rampe et l'ascenseur du parking. J'essaie de ne penser à rien. Je ne veux surtout pas lui donner l'impression que j'ai peur de lui. Machinalement, j'appuie sur le bouton « 5 » et j'attends, résigné, l'arrêt fatidique. Quand l'ascenseur s'immobilise, j'espère encore vaguement être assailli par les journalistes mais le palier est désert. Je n'ai plus le choix. Je sonne. Trois fois comme il me l'a demandé. À l'intérieur, une voix étouffée répond en français « attendez » et j'entends qu'on s'agite. De derrière la porte me parviennent toutes sortes de bruits impossibles à définir : des frôlements, des grincements, des objets qu'on cogne. Un son métallique me fait sursauter. Ne serait-ce pas le chien d'un fusil qu'on arme ? Je jette un coup d'œil désespéré vers l'ascenseur que quelqu'un vient d'appeler. Un journaliste? Comme j'aimerais qu'il arrive à l'étage avant que la porte ne s'ouvre! Et si je dévalais l'escalier en courant... Peut-être est-il temps encore de sauver ma vie. Mais non. Je reste là, pétrifié comme un lapin pris dans la lumière des phares et je vois la porte qui s'entrouvre. Sagawa, à moitié dissimulé derrière un rideau, me fait signe d'entrer vite. Je me glisse dans l'appartement. Aussitôt, Sagawa referme la porte et tire tous les verrous puis, se retournant vers moi, me tend la main en souriant.

« Issei Sagawa. Enchanté de vous connaître. »

Dès cet instant, je sais que je ne risque plus rien.

Physiquement, Sagawa est aussi petit que les journaux l'ont décrit. Il ne dépasse guère un mètre cinquante. Mais il est relativement bien proportionné et ressemble, tout compte fait, à n'importe quel Japonais de la rue.

Il a un peu grossi depuis son retour au Japon et son visage n'a plus rien à voir avec la photo de dément prise lors de son arrestation à Paris en 1981. Il a, en particulier, coupé cette longue mèche qui lui tombait presque sur l'œil et arbore à présent une coiffure un peu gonflante, presque féminine, qui lui donne l'air précieux. Il est vêtu d'un col roulé blanc et d'un pantalon trop grand mais assez chic. Avec ses lunettes (légèrement teintées), il me fait penser à Marguerite Duras.

N'était la peau de son visage légèrement grêlée (elle semble comme brûlée par endroits) Sagawa n'est pas absolument laid comme on l'a tant écrit. Son regard est direct et franc. Son expression, souvent enjouée, redevient sérieuse lorsqu'on lui pose une question et qu'il se concentre pour répondre. Il a alors un sourire un peu triste qui semble dire : de toute façon, personne ne pourra jamais me comprendre.

Le plus surprenant, dans son physique, c'est cette main qu'il me tend, aussi petite que celle d'un enfant de sept ou huit ans. Comment de si petites mains ont-elles pu accomplir de telles horreurs ?

Sagawa perçoit, j'en suis sûr, mon hésitation à serrer sa main criminelle.

L'appartement du Japonais cannibale est presque vide. En dehors du sofa et d'un fauteuil tout neufs en tissu beige, seuls une table et quelques chaises occupent la pièce centrale. Tout est en ordre. Rien ne traîne.

Dans la chambre à coucher attenante, dont la porte est entrouverte, j'aperçois un lit fait au carré, une télé et un magnétoscope devant lequel sont empilées une bonne douzaine de cassettes, uniquement des films de cannibales dont celle que je lui ai envoyée : *Canibal Ferox*.

Avant de commencer l'entretien, Sagawa tient à me faire admirer la vue qu'il a sur le lac de Mito du balcon de sa *mansion* (appartement de luxe).

Il m'explique que c'est un endroit très recherché par les vacanciers. Si ces satanés journalistes ne l'avaient pas découvert, il aurait pu vivre très heureux ici. Au lieu de cela, il doit déjà songer à déménager.

Sagawa semble ne plus me suspecter de l'avoir donné et fait tout ce qu'il peut pour bien me recevoir, s'inquiétant sans cesse de mon confort. Sur la table, il a disposé quelques biscuits et propose de me faire un thé exactement, pensais-je, comme il avait dû recevoir Renée dans son appartement de la rue Erlanger. Je le vois s'affairer dans la cuisine et je remarque que ses gestes aussi sont très féminins. De plus, il roule légèrement des hanches.

Au bout de quelques minutes, il revient avec un plateau et s'installe en face de moi. Je me suis promis de ne pas boire de thé s'il n'en prenait pas lui-même tout en pensant : quel mauvais film !

À présent, je peux l'observer plus attentivement. Son expression, lorsqu'il ne rit pas, est assez figée, pareille à celle d'un masque. Seuls ses petits yeux marron s'agitent derrière les lunettes. Tout le reste est immobile. J'observe surtout sa bouche. Cette bouche qui est au centre de toute l'affaire. Cette bouche qui a mangé de la chair humaine.

Ses lèvres, très minces, sont gercées au point d'être recouvertes, par endroits, d'une peau blanchâtre qui donne l'effet d'écume. L'idée me traverse que c'est la peau de Renée qui est restée collée.

Tout au long de nos entretiens, Sagawa se montre d'une extrême gentillesse, faisant de son mieux pour répondre à mes questions avec la plus grande précision possible, fouillant dans sa mémoire (ou parfois dans ses notes) pour vérifier tel ou tel détail. Il est visiblement heureux de parler le français et me remercie à plusieurs reprises d'être venu de si loin pour le voir.

Au cours de cette première journée, Sagawa me parle de façon presque ininterrompue, passant en revue sa vie entière, depuis son enfance jusqu'au dépeçage de Renée qu'il me décrira avec une effrayante précision.

Il est cependant toujours tracassé par ces fameux journalistes qui le traquent et m'annonce qu'il a décidé de s'éloigner de Mito pour quelque temps. Si je suis d'accord, un ami de son père viendra nous chercher tous les deux le lendemain matin et nous emmènera dans la montagne.

Le soir venu, il me propose d'annuler ma réservation d'hôtel et de passer la nuit dans la maison de son ami pour partir plus tôt. « Ne vous inquiétez pas, ce ne sera pas dans la même chambre que moi », plaisante-t-il gaiement.

Le lendemain, une grosse BMW ronronne

devant l'entrée de mon hôtel où j'ai, finalement, choisi de rester. Au volant : M. Watanabe, l'homme de confiance du père. Après une heure de route environ, la BMW se gare dans la cour d'une auberge à l'ancienne dont le patron est un ami de Watanabe. Tout en buvant du thé et en dégustant des *yokan* (gâteaux de haricots rouges), notre hôte amène doucement la conversation sur les femmes et nous propose, à M. Watanabe et moi, de nous emmener dans un *turco* (bordel à la japonaise) où l'on peut, nous précise-t-il, s'offrir de très jolies Philippines. Sagawa est maintenu à l'écart de cette conversation « entre hommes », comme s'il était trop jeune pour comprendre. Lui-même ne prête d'ailleurs aucune attention à la proposition de l'hôtelier.

Un peu plus tard, celui-ci nous emmène admirer une cascade glacée où Sagawa s'amuse comme un petit fou, glissant sur la neige verglacée, hurlant qu'il va tomber. Il se laisse materner en riant par Watanabe qui le retient par la main comme s'il avait dix ans.

Dans l'après-midi, nous poursuivons nos entretiens dans la chambre de Sagawa, une pièce traditionnelle avec tatamis, seulement meublée d'une table basse sous laquelle nous glissons nos jambes. Le chauffage fixé sous le plateau permet de se réchauffer les pieds. Sagawa parle calmement, fermant de temps en temps les yeux pour se remémorer une scène, un détail. Il ne s'arrêtera qu'à la nuit tombée.

Le lendemain, tandis qu'il me raccompagne à la gare, M. Watanabe aborde, pour la première fois « l'affaire » : « Vous y croyez, vous, à cette histoire de cannibalisme? », me sonde-t-il .

Abasourdi par la question, je réponds sans réfléchir que oui, j'y crois, mais je comprends instantanément que M. Watanabe est choqué. Comme les parents d'Issei, il est convaincu que tout cela n'est qu'un tissu de mensonges et que le livre de Sagawa (*Dans le brouillard*) est une œuvre de pure fiction. « On se demande vraiment où il va chercher tout cela... »

Au moment de me déposer, M. Watanabe veut m'apporter la preuve que cette histoire ne tient pas debout : « S'il avait vraiment mangé une femme, vous en convenez, il serait complètement fou. Or vous avez pu constater, n'est-ce pas, qu'il n'est pas plus fou que vous et moi... »

Visiblement satisfait de son raisonnement, M. Watanabe me souhaite bon voyage et repart l'esprit tranquille.

Chapitre 5

Un miraculé prénommé Issei

Issei Sagawa naît le 26 avril 1949 à Kobé. Il est le fils aîné d'un couple aisé originaire de la région du Kansaï qui comprend, outre Kobé, les villes de Kyoto et d'Osaka.

Comme cela se fait parfois au Japon, le père a pris le nom de la mère dont la famille est très riche. Ce détail donne déjà une première indication quant à la toute-puissance maternelle sur la vie de cette famille et notamment, plus tard, sur celle d'Issei.

Quelques années avant la naissance de celui-ci, Akira, le père, est mobilisé en Mandchourie où son épouse l'a suivi. C'est en Chine que le couple a son premier enfant, une petite fille, qui meurt en bas âge. Nous sommes en 1946. La guerre ayant pris fin et avec elle l'occupation de la Mandchourie, Mme Sagawa rentre au Japon. Pas son mari qui, prisonnier des Russes, est déporté en Sibérie. Il y restera en détention durant deux années.

À son retour au Japon en 1948, il crée la compagnie Kurita dont il deviendra le p-dg. En 1981, la société, spécialisée dans le traitement des eaux et devenue, entre-temps, filiale d'Itochu, quatrième maison de commerce du Japon, emploie 1 500 personnes.

La vie du petit Issei démarre plutôt mal : au troisième mois de grossesse, sa mère qui présente un état nutritionnel médiocre fait des hémorragies à répétition. Au point que les médecins lui proposent un avortement thérapeutique, qu'elle refuse catégoriquement. Marqués par la perte de leur premier enfant, les Sagawa veulent faire tout ce qui est possible pour sauver le bébé.

Comme l'ont prévu les médecins, la grossesse ne se passe pas bien : une hypertension artérielle et une albuminurie font redouter un accouchement prématuré. Mme Sagawa suit un traitement spécifique et Issei naîtra finalement à terme. Mais les médecins sont très pessimistes sur les chances de survie du garçon. En fait, il est en état de mort apparente prononcée. Ce n'est que grâce à des massages cardiaques énergiques et en ayant recours à la respiration artificielle que l'équipe médicale parvient à réanimer l'enfant. Il faudra attendre vingt longues minutes pour qu'il pousse son premier cri. Vingt minutes au cours desquelles l'anoxie (absence d'oxygénation) a pu provoquer des lésions cérébrales irréparables. Mais pour ses parents, le principal c'est qu'il vive, même s'il ne pèse qu'un kilo cinq (« Il tenait dans la paume de ma main », affirme son père) et qu'on note diverses anomalies dans le placenta. « Les médecins, se souvient Akira Sagawa, ne lui donnaient pas plus de dix ans de vie, vingt ans tout au plus. C'est la raison pour laquelle nous l'avons sans doute surprotégé. »

Surprotégé et probablement gavé. L'obsession des Sagawa est en effet qu'il mange pour atteindre au plus vite une taille et un poids normaux. On le sait, la bouche remplit, chez le nourrisson, la double fonction alimentaire et sexuelle au point que Freud, dans *Trois Essais sur la théorie de la sexualité*, emploie l'expression « stade cannibale » pour désigner cette phase durant laquelle l'enfant « dévore » le sein de sa mère.

Au cours de son « festin », la focalisation de Sagawa sur le sein de Renée, dont il a entouré la consommation d'un rituel distinct, semble indiquer clairement où se situe l'origine de son fantasme.

À un an, alors qu'il présente un retard de croissance préoccupant, Issei est victime de troubles intestinaux très violents, accompagnés de fortes fièvres. Cette maladie qui semble l'avoir beaucoup marqué, même s'il n'en garde aucun souvenir, serait due à la décision de ses parents de le sevrer brutalement de lait : « Un ami de la famille qui n'y connaissait rien a suggéré à mes parents de remplacer le lait par des œufs, m'a raconté Sagawa qui tient ces détails de sa mère. J'ai eu tout de suite très mal au ventre. J'ai vomi et cela a provoqué une inflammation des intestins. Pour me guérir, on a dû m'enfoncer des seringues plus grandes que mes cuisses... »

Le pédiatre qui suit l'évolution d'Issei, le Dr Anpo, le décrit comme un enfant très vulnérable, tant au plan physique que psychique et faisant l'objet d'une surprotection de la part de ses parents. Durant ses trois premières années, l'enfant manifeste, selon lui, des tendances nettes au repliement qui font penser à l'autisme, voire au chaos psychique.

À cette époque, le Dr Anpo se rappelle avoir soigné de nombreux cas d'encéphalite japonaise, maladie qui entraîne, en cas de survie, de sérieux désordres psychiques. Sans en exclure totalement l'hypothèse, il ne peut cependant certifier qu'Issei ait contracté cette affection[1].

Le médecin de famille, le Dr Teisaburo Naito a, quant à lui, suivi Issei de 1956 à 1969. Il le décrit comme un enfant chétif, maladif, instable au

1. Le service d'information sanitaire du Japon a comptabilisé 5 196 cas d'encéphalite japonaise en 1950. C'est le nombre le plus élevé entre 1949 et 1969.

plan émotionnel. Il a observé chez lui des crises convulsives fréquentes « d'allure névropathique ».

Issei ne supporte pas le moindre reproche et si ses parents ou sa grand-mère (qui vit tout près) se mettent en colère contre lui, il est immédiatement pris d'envies meurtrières. « Un jour où ma grand-mère s'était énervée très fort contre moi, j'ai mis une peau de banane dans l'escalier en espérant qu'elle glisserait dessus et qu'elle mourrait... », révèle-t-il dans l'un de ses livres.

En raison de sa fragilité, Sagawa n'a pas fréquenté l'école maternelle et a entrepris avec une année de retard sa scolarité primaire ce qui constituera toujours pour lui une humiliation insoutenable. Il se retrouvait en effet, du fait de son retard, dans la même classe que son petit frère, d'un an plus jeune que lui.

C'est à l'école primaire qu'Issei prend conscience, pour la première fois, de son fantasme cannibale. Il se souvient parfaitement avoir un jour demandé à l'institutrice de son école pourquoi on ne peut pas manger de la chair humaine.

« Quand j'avais sept ans, je voulais manger des petits garçons du même âge que moi. Plus tard, quand j'ai connu le désir sexuel, l'objet de mon désir s'est déplacé vers les petites filles et puis vers les jeunes filles. Chez moi, le désir sexuel et l'appétit, c'est la même chose. Je n'arrive pas à penser le désir sexuel sans y associer l'idée de manger l'autre. Je crois que le désir sexuel est un manque. Par exemple, si on laisse un bébé tout seul dans le noir, il commence à pleurer. Ce n'est pas parce qu'il a peur du noir mais parce qu'il recherche le contact avec quelqu'un d'autre, sa mère par exemple. Quand elle le caresse, il se rassure et commence à téter. On veut d'abord sentir la présence d'une personne qui vous aime, puis on commence à la caresser, à l'embrasser et à lécher son corps. Pour moi, manger est ce qui vient naturellement juste après. »

Issei m'a raconté un rêve qu'il a fait lorsqu'il était enfant et qui l'a profondément marqué :

« J'avais quatre ans quand j'ai fait ce cauchemar qui est en même temps le rêve le plus ancien dont je me souvienne : mes parents nous faisaient bouillir, mon frère et moi, dans une casserole et nous cuisinaient. Et puis ils nous mangeaient[1]. Cette peur d'être un jour mangé par mes parents m'a poursuivi au cours des années. Il y a un détail particulier : quand je suis angoissé, ma chair devient meilleure, aussi, mes parents font tout ce qu'ils peuvent pour me faire du mal. Comme ça, je constituerai un bon plat...

Je n'ai pas rêvé à nouveau de cette scène mais l'idée a persisté en moi comme si elle y était imprimée. Très forte, très présente. »

1. Cette peur de l'enfant d'être dépecé, dévoré, déchiré est, selon Melanie Klein, une composante normale de la vie psychique.

Pourtant, Sagawa conserve un souvenir heureux de son enfance et de son adolescence qui se sont déroulées dans un milieu familial bourgeois, aisé et chaleureux. Il décrit son père comme un homme très bienveillant tandis que sa mère serait « un peu nerveuse » mais pleine de sollicitude.

C'est surtout à elle et à sa famille que les Sagawa doivent leur fortune : quand elle était jeune, la mère d'Issei était chaque jour emmenée à l'école dans une limousine conduite par un chauffeur. Les grands-parents maternels de Sagawa seront parmi les premiers au Japon à avoir une Cadillac.

Ils aiment d'ailleurs tout ce qui vient de l'étranger et organisent souvent des soirées internationales. Sagawa se souvient d'un drame familial lié à l'une de ces soirées : « J'ai entendu dire que ma grand-mère s'est beaucoup amusée, un soir, en dansant avec de beaux hommes blancs. Au point que mon grand-père, pour se venger, a pris une maîtresse à qui il a fait un enfant. L'histoire ne s'est pas arrêtée là : ma grand-mère, rivalisant avec mon grand-père, a pris un amant dont elle a eu, elle aussi, un enfant qui est devenu un chanteur de rock assez connu... »

En 1960, à onze ans, Issei et son frère posent tous deux leur candidature pour être admis au lycée Shigi, attaché à la prestigieuse université de

Keio (la sélection commence presque à la maternelle). Le frère est accepté mais pas Issei qui doit se contenter du lycée municipal de Kamakura où la famille a déménagé. Très perturbé, Issei le vit, une fois de plus, comme une véritable humiliation car au Japon, les rapports entre frères et sœurs sont, peut-être plus encore que les relations parents-enfants, ce qui fonde la hiérarchie entre individus. Lorsqu'on veut parler de quelque chose de confus, de chaotique, l'expression le plus souvent utilisée est : « ce n'est ni frère aîné ni frère cadet ».

C'est à cette époque qu'Issei découvre les contes de Perrault qu'il dévore, notamment *La Belle au bois dormant*. La scène au cours de laquelle la mère du prince fait manger la jeune femme et ses enfants par un ogre le met littéralement en transe. Il en apprend des passages par cœur.

En 1962, il entre au lycée de Kamakura. Sa mère l'emmène et le ramène chaque jour en voiture bien que celui-ci soit situé à moins de quinze minutes en train de leur domicile.

Les cours d'histoire le passionnent. Il adore, en particulier, la légende du Minotaure à Knossos et des sept vierges d'Athènes données en offrande et commence alors à écrire lui-même de brefs récits dont le thème central est toujours le cannibalisme.

Cette année-là – il a alors treize ans – Sagawa est pris, pour la première fois, d'envies subites et presque irrésistibles de chair humaine. Affolé, il contacte des psychiatres mais ceux-ci refusent de s'entretenir avec lui par téléphone et il n'ose pas prendre rendez-vous.

En 1969, à vingt ans, Issei entre à l'université privée de Wako située dans la banlieue de Tokyo pour étudier la littérature anglaise. Il se passionne pour Shakespeare qui, dans plusieurs de ses pièces, aborde le thème du cannibalisme. La famille, qui déménage exclusivement en fonction du lieu des études de leur chérubin, s'installe alors dans l'arrondissement de Setagaya, l'un des plus chics de la capitale.

Il est en troisième année de fac lorsqu'un été, pendant les vacances, le hasard le met en présence d'une jeune Américaine qui ravive son fantasme cannibale. De la plage, il l'observe nager en espérant de toutes ses forces qu'elle se fera dévorer par un requin (*Les Dents de la mer* de Steven Spielberg ne sortira que trois ans plus tard). Voyant que cela ne se produit pas, il projette de s'introduire dans sa chambre, de lui donner un coup sur la tête et de mordre dans ses fesses mais ne parvient pas à réaliser son plan.

Il fantasme aussi énormément sur une jeune Française qui donne des cours à la fac et se demande, en la regardant, quel goût sa chair peut avoir. Une question le préoccupe : la chair d'une femme irritable peut-elle donner des indigestions ?

Ne pouvant réaliser son obsession, il se raconte à lui-même, de plus en plus souvent des histoires d'anthropophagie dans lesquelles il tient le premier rôle. Il imagine ainsi le scénario d'un film qu'il se promet un jour de réaliser et dont le thème serait le suivant : un Asiatique maigrichon assiste à un bal auquel participent également des femmes occidentales aux formes plantureuses dans le genre de Marylin Monroe. Il est fasciné par la plus belle d'entre elles, une jolie blonde, qu'il essaie d'approcher mais la fille refuse de se donner à lui. Divers événements se produisent ensuite qui conduisent à la scène finale : « La fille et l'Asiatique se retrouvent au bord de la mer, en Bretagne. Il la poursuit et lui arrache tous ses vêtements puis se jette sur elle et l'étrangle. Il mord ensuite à pleines dents dans son corps et, tout frémissant d'avoir atteint son but, continue à la dévorer... La dernière image, c'est le crépuscule avec son visage qui se reflète dans l'eau. C'est l'adoration. »

Curieusement, Sagawa n'est pas le premier, au Japon, à avoir ce genre de « vision ». On en trouve une très semblable dans le court roman d'Ango Sakaguchi *Hakuchi*, publié en 1946 et traduit en français (en 1986) sous le titre *L'Idiote* : un homme observe une femme qui dort et dont le léger ronflement lui rappelle le grognement d'un cochon. En la regardant, il repense à une scène au cours de laquelle une dizaine d'enfants pourchassent un goret et lui découpent, à l'aide d'un couteau, un morceau de chair sur la croupe. « La physionomie du cochon ne trahit aucune douleur ; pas le moindre cri non plus. Il courait seulement en tous sens comme s'il ne se rendait pas compte qu'on lui avait découpé un bout de chair. »

Cette vision du cochon martyrisé mais apparemment insensible à la douleur est suivie, presque aussitôt, d'une scène de cannibalisme qu'on croirait décalquée du scénario de Sagawa. À moins que ce ne soit le contraire... :

« À l'ombre d'un bloc de béton, un homme maintenait la femme immobile ; il la renversa sur le sol et tout en se livrant à son acte, il arrachait à pleines poignées la chair des fesses de la femme et la mangeait. Les fesses se décharnaient de plus en plus mais la femme, elle, ne songeait qu'à son plaisir. »

La ressemblance entre les deux récits est pour le moins frappante. Dans un cas comme dans l'autre, on remarque en effet une fascination quasi hypnotique pour l'acte cannibale qui se mêle, dans l'esprit de Sagawa comme dans celui de Sakaguchi, au désir sexuel. C'est d'ailleurs avec ce même ton d'évidence, en utilisant des mots de tous les jours, des mots qui « collent » au réel, que Sagawa me racontera son « affaire » dans les moindres détails, quelques années plus tard.

Il n'est pas impossible que la « tentation cannibale » de Sagawa et de Sakaguchi trouve ses lointaines racines dans la mythologie japonaise qui repose, en partie, sur un acte anthropophage : tout commence avec Izanagi et Izanami (l'Adam et Ève japonais) qui sont, pour les Nippons, les premiers amants de la création.

Après s'être unis « autour du pilier », ils donnent naissance à nombre de divinités. Mais les choses se gâtent quand Izanami enfante le dieu du feu qui lui brûle les organes génitaux et la rend stérile. Elle doit alors descendre au pays de Yomi (l'Enfer).

Fou de douleur, Izanagi vient l'y chercher mais elle a déjà absorbé une nourriture préparée dans les « chaudrons des enfers ». Elle est prête, malgré tout, à suivre son amant à condition qu'il ne la regarde pas.

Izanagi, qui ne peut résister à la tentation, découvre alors que sa femme est à moitié décomposée et que son corps grouille de vers. Furieuse d'avoir été vue dans cet état humiliant, Izanami lance à la poursuite de son amant les femelles répugnantes des enfers et Izanagi n'a d'autre choix, pour ne pas être dévoré, que de leur jeter ses attributs masculins qu'elles dévorent goulûment.

Alors que je vivais au Japon, en 1994, deux faits divers survenus à quelques jours d'intervalle m'ont frappé par leur ressemblance, sinon avec l'affaire Sagawa elle-même, du moins avec le récit du cochon martyr de Sakaguchi. Tous deux concernent des violences sur animaux d'une cruauté aussi inouïe que gratuite. Dans le premier cas, c'est un chien qu'on avait retrouvé gémissant dans sa niche au petit matin. Sur toute la longueur de son dos, un panneau de chair parfaitement rectangulaire avait été découpé au cutter puis arraché d'un coup sec. Dans le deuxième cas, c'est un chat auquel un individu (le même?) avait taillé des « chaussettes » en arrachant la peau, toujours au cutter, mais cette fois à partir du coude jusqu'aux coussinets.

Le mélange de cruauté et de méticulosité, l'absence de regard moral ou de sensibilité à la souffrance de l'autre, la réalisation à la lettre et sans état d'âme d'une fantaisie de la pensée (qu'est-ce que ça donnerait de découper le dos d'un chien?) relèvent, à l'évidence, de la même matrice psychologique que l'obsession encore naissante de Sagawa.

Chapitre 6

Répétition générale

Nous sommes en 1972 et Sagawa, qui a alors vingt-trois ans, « décide » en toute conscience qu'il doit absolument passer à l'acte avant d'atteindre trente ans. Il craint en effet qu'après cet âge, son envie diminue et que, selon ses propres termes, les « nerfs » de son palais deviennent moins sensibles.

En fait, l'obsession de manger les fesses d'une femme ne le quitte quasiment plus. Jour et nuit, l'idée le poursuit au point qu'il échafaude toutes sortes de plans aussitôt que le hasard le met en présence d'une Occidentale. Car son fantasme cannibale ne concerne en aucun cas les Japonaises pour qui il n'éprouve quasiment pas de désir.

Sagawa a repéré que, non loin de chez lui, vit une jeune femme allemande qu'il lui arrive de croiser dans la rue. Il voit là la « bonne chance », comme il dit. Dès lors, il n'a de cesse qu'il réalise son rêve cannibale. Il s'imagine entrant dans sa chambre, dissimulé derrière un masque. Il lui suffirait ensuite d'étrangler la fille avec une ceinture jusqu'à ce qu'elle perde connaissance puis de lui fermer la bouche avec du sparadrap pour l'empêcher de crier si elle se réveille. Après l'avoir attachée, il la déshabillerait, lui couperait un morceau de fesse avec un couteau (on repense au cochon de Sakaguchi) et emporterait ce morceau pour le faire cuire à la poêle. Ce plan invraisemblable lui paraît, à lui, parfaitement réaliste...

La seule question qu'il se pose est d'ordre plus « technique » que moral : doit-il ou non tuer la fille ? Il préférerait la laisser en vie, bien sûr, mais il n'est pas certain que ce soit possible et décide qu'il avisera sur place. En attendant une occasion, il achète un masque qui lui procure la douce sensation d'être déjà sur la bonne voie.

C'est que, pour Sagawa, la réalisation de son but a désormais la priorité absolue sur toute autre considération. Il ne s'agit d'ailleurs pas là d'un trait de caractère personnel mais plutôt d'une attitude japonaise classique dont on retrouve les fondements dans le *Hagakuré*, « bible » des samouraïs et livre de chevet de l'écrivain Mishima. Ce livre, qui résume le *Bushido* (la Voie du Samouraï), ignore en effet délibérément les notions de bien et de mal pour mettre l'accent sur la détermination que le samouraï doit absolument mettre à réaliser ses propres décisions, particulièrement lorsqu'il s'agit d'un meurtre : « Quand on a décidé de tuer quelqu'un, même si l'entreprise paraît difficile à réaliser sans hésiter, il ne sert à rien d'essayer de le faire par des moyens détournés. Le cœur peut fléchir, l'occasion manquer et, en fin de compte, tout peut échouer. La voie du samouraï est celle de l'action immédiate et c'est pourquoi il est préférable de foncer tête baissée. »

Cette tendance à faire passer le pourquoi après le comment est probablement l'un des aspects les plus fascinants et les plus inquiétants du caractère japonais. Pendant l'occupation de la Mandchourie ou au cours de la Seconde Guerre mondiale, l'armée japonaise a tué et torturé méthodiquement sans se poser la moindre question morale dès lors que des ordres avaient été donnés. Une fois la cause déclarée « juste », un crime se « travaille » et se répète exactement comme s'il s'agissait d'un art martial ou d'une pièce de théâtre, le but, dans ces différentes disciplines, étant de supprimer tout écran (notamment moral) entre la volonté de l'homme et son acte.

Le zen ne dit pas autre chose qui préconise de faire le vide *(muga)* en se débarrassant du « moi-observateur » (le sentiment du « je suis en train de le faire ») pour être totalement dans le « moi-acteur. »

Pour les Japonais, l'homme n'est pas sur terre pour être heureux mais pour réaliser son devoir et accomplir ainsi son destin quel qu'en soit le prix. Les romans nippons se terminent rarement par un *happy end* : le héros est presque toujours malheureux et meurt à la fin de l'histoire prouvant ainsi sa « sincérité ». C'est ce que l'écrivain Ivan Morris a joliment appelé la « noblesse de l'échec[1] ».

Un jour que nous discutions littérature, Sagawa s'est élevé contre la vision qu'ont les Occidentaux du *Bushido* : « Ils le considèrent généralement sur le seul plan esthétique mais le *Bushido* est essentiellement moral. »

Comme le guerrier qui affûte chaque jour son sabre, comme le karatéka qui répète quotidiennement les mêmes *kata*, Sagawa (qui s'est maintes fois réclamé de la grande tradition japonaise) s'entraînera donc chaque jour dans sa chambre à répéter scrupuleusement tous les mouvements requis par son plan.

Tout repose, selon lui, sur la discipline et l'esprit d'organisation. Il suffit ensuite d'attendre le bon moment.

Un jour, passant devant la maison de la belle étrangère, Issei l'aperçoit par la fenêtre ouverte, étendue sur son lit, presque nue. La voilà enfin,

---

1. Livre publié en français chez Gallimard.

l'occasion rêvée! Pas de doute, c'est un signe du destin! Il court chez lui aussi vite qu'il le peut, prend ce qui lui tombe sous la main : un parapluie et un couteau, sans oublier le masque de carnaval. Revenu chez l'Allemande (qui dort toujours) il enfile son masque et pénètre par la fenêtre dans sa chambre. Manque de chance, la fille se réveille et, face à cet homme masqué qui la menace avec un couteau et un parapluie, se met à hurler. Paniqué mais pas assez, toutefois, pour renoncer à son plan, Sagawa se met à frapper la fille avec le parapluie. Folle de terreur, celle-ci se débat avec une belle énergie, obligeant Sagawa à s'enfuir comme il est venu mais sans avoir le temps de remettre ses chaussures qu'il a ôtées en entrant, selon la coutume japonaise. Un livreur de journaux qui a entendu les hurlements de la fille le ceinture quelques mètres plus loin et le ramène sur les lieux de son forfait jusqu'à l'arrivée de la police. Soupçonné de tentative de viol, il passera une semaine au commissariat.

L'affaire, pourtant, se réglera à l'amiable, le père de Sagawa ayant accepté de verser une indemnité conséquente à la victime.

Voici le souvenir que garde Sagawa de cet épisode : « Je voulais effectivement la manger mais sans la tuer. Mon idée, c'était d'essayer de découper une partie de ses fesses, de la manger et de partir. Je sais bien que c'était un raisonnement très enfantin, que ce n'était pas possible mais enfin, c'est ce que je voulais faire.

Je me suis déchaussé et je suis entré dans sa chambre par la fenêtre mais, ensuite, je n'ai plus su quoi faire avec mon parapluie. Quand je me suis approché d'elle, je suis tombé et mon genou a touché son corps. Elle s'est réveillée et a commencé à crier en me repoussant. Elle était beaucoup plus grande et plus forte que moi. Pour me défendre, je me suis mis à la frapper avec le parapluie... J'ai essayé de m'enfuir mais sans chaussures, j'ai finalement été arrêté. L'Allemande a prétendu que j'avais voulu la violer. Alors, plutôt que d'avouer mon fantasme cannibale, j'ai abondé dans son sens. Mon père a payé une énorme somme d'argent et en échange, elle a bien voulu retirer sa plainte contre moi. »

Le père d'Issei, de son côté, minimise l'incident. La version qu'il en donne permet de comprendre comment il parviendra, dix ans plus tard, à nier le crime de son fils[1] : « Issei avait rendez-vous avec une Occidentale pour prendre des cours de langue. Il s'est présenté à l'heure dite avec ses livres mais il a eu beau sonner à la porte, personne n'a ouvert. Il a fait le tour par le jardin et a vu, par la fenêtre, qu'elle était endormie. Il a alors retiré ses chaussures et est entré dans la maison pour la réveiller. La fille s'est mise

1. Interview au *Shukan Gendai*, 5 janvier 1982.

à crier et comme elle était plus grande et plus forte que lui, elle l'a repoussé. Fou de colère, Issei l'a frappée avec son parapluie mais c'était pour se défendre. Lors de sa fuite, il a été intercepté par un vendeur de journaux et a finalement été arrêté. Il est resté en garde à vue quelque temps mais, après discussion, il a été libéré sans qu'aucune charge soit retenue contre lui. »

Il n'est pas impossible qu'Issei ait menti à son père comme il le fera après le meurtre de Renée. Pour lui, l'affaire de l'Allemande tiendra lieu de répétition générale. À présent, il sait quelles erreurs éviter.

Issei est donc libre mais la police prévient son père qu'en cas de récidive il ne s'en tirera pas aussi facilement. Conscient de ce que quelque chose « ne tourne pas tout à fait rond » chez son fils, Akira Sagawa décide tout de même de le faire examiner par un psychiatre.

Le Dr Sugiyama, consultant à l'Institut de recherches neurologiques de Tokyo, a suivi Sagawa à partir de son arrestation, intervenue le 2 septembre 1972, au rythme de deux à trois consultations par an jusqu'en février 1981 c'est-à-dire quelques jours avant son retour à Paris. Au lendemain de l'arrestation de Sagawa, le psychiatre note, chez son patient, une « excitation anormale ». Les séances suivantes confirment une « forte instabilité psychique, des troubles du caractère et du comportement familial ainsi qu'une tendance marquée au repliement, à la sensitivité et à l'impulsivité ».

Les différents examens qu'il fait subir à Sagawa révèlent un manque de contrôle de soi, une intolérance à la frustration ainsi qu'un sentiment d'infériorité lié à son physique malingre. Le Dr Sugiyama décèle également des « manifestations névrotiques obsessionnelles et psychasthéniques » qui se traduisent par des angoisses, un goût anormal pour l'ordre et la propreté de même qu'une minutie extrême qui amènent Sagawa à revérifier maintes fois les mêmes choses.

Mais ces symptômes relevés par le Dr Sugiyama sont assez fréquents au Japon où ils constituent ce que Masatake Morita (le « Freud » japonais) appelle le « nervosisme » et pour lesquels il préconise de « laisser faire la nature » *(shizen fukujô)* et de prendre « les choses comme elles sont » *(arugamama)* jusqu'à disparition des symptômes.

Compte tenu de l'agression à laquelle il vient de se livrer sur la jeune Allemande, le Dr Sugiyama considère Sagawa comme « extrêmement dangereux » mais ne peut le maintenir enfermé, la plainte ayant été retirée. Il lui prescrit néanmoins des tranquillisants et des anticonvulsifs qui conduisent, selon lui, à une certaine amélioration.

Chapitre 7

Une revanche à prendre

L'affaire de l'Allemande n'empêche pas Sagawa de conclure brillamment ses études à l'université Wako par un mémoire sur *La Tempête* de Shakespeare[1]. C'est la même année – il a alors vingt-quatre ans – qu'il perd son pucelage avec une prostituée. L'un de ses professeurs note cependant qu'Issei n'a aucun ami et qu'il est d'une timidité telle qu'il a toujours l'air traqué.

Entré en littérature comparée à l'université de Kansai Gakuin en 1974, il y passe sa maîtrise mais échoue à l'examen d'admission au doctorat. Un échec qui, selon son père, pèsera très lourd dans l'élaboration de la personnalité d'Issei : « Mon fils ne se rendait pas compte que seuls deux ou trois étudiants étaient admis au doctorat et il s'est imaginé qu'il serait accepté. Il ne dou-

1. Le nom du héros de cette pièce, Caliban, est un anagramme du mot anglais *canibal.*

tait d'ailleurs jamais de rien et, à notre grande surprise, il contactait, de lui-même, des gens très connus comme le romancier Musashino Sakenoji dont il a pu obtenir une heure d'entretien. »

Cette année-là, ce ne sont pas deux ou trois mais un seul étudiant – en l'occurrence une étudiante – qui obtient le doctorat. Cet échec rend Issei d'autant plus furieux qu'il a le sentiment d'avoir été victime d'une injustice. Selon lui, si la fille a été reçue, c'est uniquement parce qu'elle a accepté d'effectuer, durant l'année, divers travaux administratifs pour le professeur principal. Une fayotte, en quelque sorte.

« On ne s'est jamais moqué de moi à ce point », déclare-t-il solennellement à son père à qui il demande, du coup, la permission d'aller étudier en France. Il veut en effet démontrer à la face du monde qu'il est capable d'aller encore plus loin que le doctorat en étudiant « à fond » la littérature comparée dans le pays même où elle est née et en français de surcroît.

Il caresse un moment l'idée de faire du théâtre et rend même visite au célèbre metteur en scène Fukuda du théâtre Sanbyakunin à qui il demande la faveur de devenir son élève. Mais celui-ci estime Issei physiquement trop faible pour se lancer dans les arts de la scène et l'encourage plutôt à persévérer dans la littérature.

Issei accepte le verdict et commence à prendre des cours de langue à l'Athénée français. Il n'a plus désormais qu'une idée en tête : aller étudier à Paris. Se marier? Il verra plus tard. Car il faut bien admettre que, côté filles, ça ne marche pas très fort. Son père a remarqué qu'Issei tombe très souvent amoureux mais que son amour n'est jamais payé de retour. « Quand il s'entiche d'une femme, il se met en quatre pour lui rendre tous les services imaginables, même après que la femme s'est mariée avec un autre... Cela m'a toujours mis en boule mais si j'ai le malheur de lui adresser une remarque, il en fait encore plus. »

Akira Sagawa n'a pas oublié ce jour où Issei lui a annoncé avoir enfin trouvé la femme de sa vie. « C'était une fille qui avait passé sa maîtrise à l'université de Kansai Gakuin en même temps que lui, l'année qui a précédé son départ en France. Comme c'était une fille très bien, ma femme et moi étions d'accord et j'ai appelé son père pour parler mariage. Mais, à ma grande surprise, il a refusé la proposition en mettant en avant l'argument classique selon lequel Issei et sa fille n'étaient "pas bien assortis". Il a ajouté que sa fille non plus ne souhaitait pas épouser Issei. Elle en a d'ailleurs épousé un autre peu après. »

Voyant son fils aussi déterminé dans sa volonté d'aller en France, Akira Sagawa décide qu'il doit mettre toutes les chances de son côté. Prenant, comme toujours, les choses en main, il obtient du président de la Société de littérature comparée du Japon une lettre de recommandation et se rend lui-même à Paris pour inscrire son fils à la Sorbonne. L'expérience, pense-t-il alors, ne peut que l'enrichir, tant sur le plan intellectuel qu'humain.

Sagawa arrive donc à Paris en avril 1977 avec, chevillé au corps, le désir de se venger d'une double humiliation : celle qu'il a subie à l'université Kansai Gakuin qui lui a refusé ce doctorat qu'une étudiante, selon lui sans mérite, a obtenu, et celle d'avoir été rejeté après que son père eut formulé officiellement une demande en mariage.

Il s'installe dans un premier temps à l'hôtel du Commerce, avenue du Maine, puis, avec l'argent que lui envoie son père, loue un luxueux studio rue de Longchamp. Il s'inscrit à la fois à l'Alliance française et à Langues O et profite de son séjour à Paris pour rédiger un mémoire sur une pièce de Kabuki *(Yotsuyakaidan)*. Il n'a pas beaucoup d'amis car il méprise un peu les Français comme le montre un article assez critique qu'il envoie au courrier des lecteurs d'un grand hebdomadaire nippon.

« J'aimais beaucoup Paris mais je trouvais que les relations humaines y étaient difficiles. Je ne veux pas généraliser, bien sûr, mais je dois dire que dans l'ensemble, mon impression sur les Français a été assez négative. Je les trouve plutôt agressifs et assez égoïstes. De plus, ils n'admettent jamais leurs fautes. Ils disent toujours : ce n'est pas ma faute, je ne sais pas... Sur le plan économique, ils sont assez renfermés et se croient le centre du monde. Ils n'essaient pas trop de comprendre les autres; surtout les Japonais... »

Selon un habitant de l'immeuble qui le croisait parfois dans l'escalier : « Sagawa était toujours très soigné, vêtu avec raffinement, même. On sentait qu'il avait beaucoup d'argent. Il était fin, cultivé et discret. »

Issei, qui se rendait à l'université en taxi, n'imaginait pas assister aux cours autrement qu'en costume-cravate, ce qui déparait totalement avec l'ambiance plutôt décontractée de la fac.

La plupart des témoignages sont très sévères pour Sagawa :

Un étudiant de Censier se rappelle qu'il se flattait d'être un « pur produit du Japon traditionnel » et qu'il écrasait de son dédain tous ceux de ses compatriotes qui succombaient aux charmes de la culture occidentale, bien qu'il en fût lui-même très féru. « Je ne lui connaissais pas d'amis véritables. Presque tout le monde le fuyait... »

La secrétaire de Langues O a gardé le souvenir d'un être odieux et terriblement complexé vis-à-vis des femmes. « Quand il rentrait dans mon bureau, je ne me sentais pas à l'aise, j'avais peur. Parfois, même, j'invoquais un prétexte pour sortir dans le couloir et j'appelais un assistant. Une ou deux fois, Sagawa m'a dit qu'il ne supportait pas qu'une femme lui donne des ordres. »

Une Française qui l'avait contacté pour prendre des cours de japonais se rappelle qu'avec les femmes, Issei était « collant et insupportable ». « C'était le genre à vous raconter qu'il était allé voir une prostituée et à vous montrer des photos qu'il avait prises de ses fesses ou de ses seins en gros plan juste pour voir votre réaction. Si on avait l'air choquée, il demandait d'un air innocent : "Pourquoi? Ce n'est pas bien?" »

Même son de cloche à la banque (japonaise) où Sagawa avait son compte : « Il était hautain et parlait peu, très imbu de sa supériorité intellectuelle », déclare une employée qui a souvent pensé que Sagawa devait être un peu dérangé : « C'est le seul client que j'aie jamais vu venir encaisser des chèques de... 1 F. »

Une amie française se souvient de ses colères fréquentes : « Il y avait toujours quelque chose qui n'allait pas. Il appelait les gens pour un oui ou pour un non et avait toujours besoin qu'on s'occupe de lui. Il s'énervait très vite et faisait de véritables crises si on n'accédait pas immédiatement à ses demandes. »

En 1978, Sagawa achète un fusil chez un armurier de Levallois. « On m'avait dit que Paris était une ville peu sûre », expliquera-t-il d'abord aux policiers. Mais il a du mal à justifier l'achat d'un silencieux (quand on veut simplement se défendre d'une agression, on cherche au contraire à faire du bruit!) et finit par avouer qu'il a acheté l'arme dans l'unique but de tuer une femme pour la manger, même s'il ignorait encore laquelle.

Son père, qui ne sait évidemment rien de cet achat ni des intentions d'Issei, continue de lui envoyer chaque mois de grosses sommes d'argent, s'inquiétant parfois de lui en voir dépenser autant.

« J'en dépensais effectivement beaucoup, convient Sagawa, mais c'était essentiellement pour me payer des prostituées. En dehors de cela, je ne consommais pas grand-chose : je ne buvais pas d'alcool, je n'allais ni au théâtre ni au cinéma. En fait, je passais presque tout mon temps à mon bureau à rédiger mon mémoire sur Kawabata. Le seul loisir que je m'accordais de temps à autre c'était de regarder la télé entre 20 h 30 et 22 h... C'était tout.

Mon père se demandait comment je pouvais dépenser autant et je me faisais régulièrement engueuler par lui, mais, comme c'était loin, il finissait par céder. Bien sûr, je ne lui ai jamais parlé des prostituées... »

En 1979, Sagawa, qui prépare toujours son mémoire sur Kawabata, fréquente une prostituée de la place Victor-Hugo qu'il fait venir chez lui. Ses soirées sont très ritualisées : en général il va voir un film de cannibales avant de la faire venir.

Chaque fois qu'elle vient, il se promet de la tuer avec un couteau mais y renonce au dernier moment.

En fait de relations homme-femme, Sagawa n'a jamais connu que la relation client-prostituée. Il a toujours payé pour faire l'amour et n'imagine pas ce que peut être une relation librement consentie. Pour lui, le sexe est toujours lié à l'argent. Pas son argent personnel car il n'en a encore jamais gagné, mais celui de ses parents. Les femmes (notamment les Occidentales) n'ont jamais été pour lui qu'un bien de « consommation ». Elles sont un peu comme les peluches de son enfance, à la fois attachantes et interchangeables...

À l'occasion d'un colloque à Aix-en-Provence, Sagawa est invité à passer la nuit chez une jeune femme qui habite une maison isolée près de la montagne Sainte-Victoire. Là encore, il rêve de la tuer mais recule devant le côté improvisé du projet. Sagawa, comme d'ailleurs beaucoup de Japonais, n'est pas doué pour l'improvisation : il ne peut passer à l'action qu'après avoir longuement mûri son plan.

En 1980, il présente son mémoire de maîtrise sur Kawabata. Le Pr René Sieffert, qui lui attribue 17/20, se souvient d'un étudiant « particulièrement discret et poli mais surtout extrêmement brillant qui, en deux heures de temps, a soutenu une thèse remarquable sur les œuvres de jeunesse de Kawabata ».

En novembre 1980, Issei rentre au Japon pour voir ses parents qui le trouvent très en forme : « Nous avons longuement parlé, se souvient son père. Il était très content de sa vie à Paris. »

Si content qu'il décide de refuser son affectation dans le Hokkaïdo où on lui propose pourtant un poste d'enseignant dans un lycée de jeunes filles et revient en France en février 1981. Il s'inscrit à Censier en doctorat de littérature orientale.

Il s'installe d'abord dans un appartement du XVe arrondissement mais n'y reste pas parce qu'il n'y a pas d'ascenseur et emménage finalement dans un studio situé au 10, rue Erlanger dans le XVIe arrondissement.

Chapitre 8

« Un jour, j'ai décidé de manger Renée »

C'est une douce soirée du mois de mai 1981. Issei Sagawa s'active dans la cuisine de son studio de la rue Erlanger. Ce soir, il faut absolument qu'il se surpasse s'il veut séduire Renée, cette jolie Néerlandaise qu'il a rencontrée à Censier quelques jours plus tôt. Chez elle, il a d'emblée aimé cette allure libre et simple et surtout cette extrême gentillesse. Quelle chance qu'elle n'ait pas refusé, comme la plupart des filles, de venir chez lui.

Son vieux fantasme cannibale est, certes, toujours bien vivace mais lorsqu'il invite Renée à dîner, Sagawa affirme qu'il n'y pense pas du tout. Elle est si gentille, si pure ! Depuis quelque temps, il s'est en effet persuadé que s'il mange un jour une femme, ce sera sûrement l'une de ces prostituées qu'il regarde comme de gros jouets.

Combien de fois, les regardant de dos faire

leur toilette sur le bidet, n'a-t-il pas rêvé qu'il les abattait d'un coup de carabine et les dévorait aussitôt? « J'en rêvais mais jamais je n'avais réussi à passer à l'acte, me confiera-t-il cinq ans après son crime. Une fois, j'ai réussi à prendre ma carabine et à viser la tête mais je ne suis pas parvenu à tirer. » Une autre fois, Sagawa a installé un fil électrique dénudé sur le bidet mais la prostituée l'a vu et a prudemment débranché l'installation avant de se laver.

Renée, qui ne sait pour ainsi dire rien d'Issei, a accepté l'invitation comme une bonne occasion de découvrir une culture à la fois différente de la sienne et différente de la culture française qu'elle commence à bien connaître. Étrangère elle-même, Renée ne comprend que trop bien comment on peut vite se sentir isolé à Paris. Si Sagawa a toujours l'air si seul alors qu'elle-même a beaucoup d'amis, c'est sans doute parce que la Hollande est moins éloignée culturellement de la France que ne l'est le Japon.

Surexcité à l'idée de recevoir Renée, Issei a passé une partie de l'après-midi à préparer un *suki-yaki*, plat typique de son pays à base de viande et de légumes qu'on laisse mijoter sur la table comme la fondue.

Renée est très touchée de l'accueil qu'Issei lui a réservé. Elle le félicite sur ses talents de cuisinier et lui pose des tas de questions sur le Japon.

Elle le fait aussi parler de sa thèse sur Kawabata, sujet sur lequel il est intarissable.

« Nous avons vraiment passé une soirée agréable, reconnaît Sagawa. Nous avons beaucoup parlé et je me suis senti très proche d'elle. Si proche, même, qu'après son départ, j'ai tout de suite imaginé la scène du mariage. C'est toujours comme ça avec moi : quand je suis heureux avec une femme, j'imagine la scène de mariage. Et puis j'imagine aussi l'accouchement : elle est couchée, son bébé est à côté d'elle et je l'embrasse sur le front pour la remercier. À ce moment-là, je suis heureux.

Mais cette fois, tout à coup, une image s'est interposée : j'ai revu Renée au cours du dîner au moment où elle regardait les livres de ma bibliothèque. Elle montrait son derrière. Il n'y a aucune raison... Je ne sais pas pourquoi... mais cette image s'est superposée à celle de la prostituée sur le bidet et cela a été instantané. Après, brusquement, cette image est revenue et j'ai pensé : si je tire derrière elle, je peux la tuer. J'ai d'abord essayé de chasser cette idée mais finalement, je me suis dit que, avec mes amies filles, ça marche toujours très bien au début et puis invariablement, elles se marient avec d'autres garçons et je suis toujours laissé tombé, seul. Avec Renée, ce serait encore pareil. Et avec toutes les autres. Ça reviendrait toujours, toujours... Cette idée m'a profondément angoissé et j'ai pensé que si je pouvais la manger, eh bien, pour une fois, ce ne serait pas comme d'habitude.

Alors j'ai imaginé de lui demander d'enregistrer quelque chose.

Il faut dire qu'à l'inverse de beaucoup de filles françaises que je fréquentais et qui se méfiaient de moi, Renée, elle, n'était pas du tout méfiante. J'étais convaincu que si je lui demandais d'enregistrer quelque chose, elle ne regarderait pas derrière elle. J'ai décidé de faire un essai. »

Sagawa propose donc à Renée de revenir le jour qui lui conviendra pour enregistrer des textes en allemand.

Certes, Renée aurait pu s'étonner qu'Issei, censé préparer une thèse sur un auteur japonais, lui demande de lire des textes en allemand alors que lui-même ne pratique pas cette langue mais Sagawa réussit à l'embobiner :

« J'ai d'abord pensé lui demander d'enregistrer un texte de Kawabata mais il n'y a pas de traduction allemande de cet auteur. Alors comme j'étudiais, à ce moment-là, l'expressionnisme allemand, je suis allé acheter un recueil de poèmes allemands pour qu'elle les enregistre pour moi.

Je lui ai menti en prétendant que mon professeur de japonais nous avait demandé d'apporter des enregistrements en allemand, en français et en italien. Et pour achever de la convaincre, j'ai ajouté que je la paierai 200 F pour ce travail. En réalité, je n'avais qu'une idée en tête : pouvoir me mettre derrière elle et la tuer. »

Renée tombe effectivement dans le piège et accepte de revenir chez lui le vendredi 5 juin en fin d'après-midi. Sans se méfier, elle s'installe sur une chaise, dos à la pièce et commence à lire.

Sagawa hésite. Il sait que le fusil est là, à portée de main, mais il est terrifié à l'idée de s'en servir et ne parvient même pas, ce jour-là, à toucher l'arme. Il décide de ne pas se forcer. Il sait qu'il aura une autre occasion puisque Renée, qui ne dispose pas de beaucoup de temps cette fois-ci, est d'accord pour revenir le mardi suivant. D'ici là, il aurait le temps d'affermir sa décision et surtout de « s'entraîner » comme il l'avait fait pour l'Allemande, un peu moins de dix ans plus tôt.

C'est là que va prendre place un événement capital selon lui :

« En fait, c'est une très petite chose mais cette petite chose a été décisive : trois jours avant mon affaire, un Japonais qui travaille dans la société de mon père est venu me voir à Paris. Il m'a apporté des cadeaux de la part de ma famille et m'a demandé de le guider dans la capitale. Le problème c'est que j'étais grippé avec de la fièvre et qu'en plus, il pleuvait. J'aurais voulu refuser de l'accompagner mais comme il avait apporté des cadeaux, cela m'était impossible. C'est comme ça au Japon.

Le soir, il m'a invité à manger des sushis dans

un restaurant japonais. À ce moment-là, parce que j'étais malade, complètement épuisé, je me souviens nettement avoir pensé : si je mange ce poisson cru, je ne pourrai plus jamais réaliser mon fantasme de manger de la chair humaine. Je me suis souvenu, en effet, que j'avais invité Renée pour le lendemain et je me suis dit que si j'avais mal au ventre, ou si j'avais de la fièvre, je ne pourrais pas la manger. L'obsession est née à ce moment-là. Je me suis dit : si à cause de cette petite chose, tu ne peux pas réaliser ce vieux rêve, alors, tu le regretteras énormément. Tu dois *absolument* le faire. Je n'arrêtais pas de me répéter que j'allais avoir mal au ventre et que je serais ensuite incapable de manger de la chair humaine.

Cette fois, il était clair pour moi que si je n'arrivais pas à tirer sur Renée ce serait uniquement parce que j'avais accepté de guider cet homme à Paris. Cela peut sembler un détail mais ce détail a tout déclenché. J'ai commencé à être obsédé par l'idée qu'à cause de cette petite chose, je n'arriverais pas à réaliser mon rêve et que j'allais le regretter. À partir de ce moment, j'ai attaché une importance énorme à la réalisation de mon fantasme. Le fait que quelque chose risquait de m'en empêcher m'a donné le courage de passer à l'acte.

Alors qu'en temps normal, j'aurais été parfaitement incapable de tirer, ce petit détail de la visite du Japonais à Paris a fait sauter le verrou de l'interdit.

Je suis sûr que si cet incident n'était pas survenu, je n'aurais jamais réalisé mon fantasme. Pour moi, ce que je dis là est tout à fait logique, c'est mon caractère. Je suis comme ça dans n'importe quelle circonstance : si je rate quelque chose, j'ai tendance à m'accrocher énormément à cette chose. [*On se souvient effectivement de son entêtement à passer son doctorat.*] Pour moi, la visite de cet homme est devenue la motivation principale de la réalisation de mon fantasme. Plus qu'une motivation : une obsession; plus qu'un désir : un devoir. C'était très pénible à vivre. Ce dont j'avais le plus peur, c'était de ne pas être en mesure d'accomplir mon devoir et de le regretter amèrement ensuite.

Le regret est une chose qui me terrifie parce que le regret, on le ressent tout le temps, tout le temps. Oui, vraiment, le regret est la chose au monde qui me fait le plus peur. Une peur atroce. À cause de cette peur, je devais réaliser mon fantasme.

De mon point de vue, si je suis vraiment malade, ce n'est pas parce que j'ai mangé Renée mais plutôt parce que je suis obsédé par le devoir et le regret. C'est peut-être ça, ma maladie! Manger, c'est juste un fantasme. Si je l'ai réalisé, ce n'est pas par désir, c'est par devoir et par peur du regret. C'est très important pour moi de l'avoir compris.

Par contre, aujourd'hui encore, je ne comprends toujours pas pourquoi c'est tombé sur Renée. J'avais toujours imaginé que ce serait une prostituée... »

Au cours de leur enquête, les policiers ont effectivement retrouvé l'une des prostituées que Sagawa avait projeté de manger et à qui il avait, dans un premier temps, proposé de se laisser mordre la fesse contre rémunération.

La visite du Japonais a eu lieu le lundi, la veille du jour où Renée devait revenir. Le lendemain, Sagawa la reçoit dans un état d'angoisse indescriptible. Non pas l'angoisse de celui qui va commettre un crime mais de celui qui pourrait ne pas le commettre. Il a en effet, finalement, été obligé de manger des sushis avec l'envoyé de son père et cela le rend malade. Son fantasme est devenu si impérieux qu'il se présente désormais à lui comme une sorte de devoir sacré à accomplir à tout prix sous peine de le regretter toute sa vie. Comme ces grands héros japonais (ou ceux de Shakespeare qu'il admire tant) qui sacrifient leur propre vie, et aussi, souvent, celle des autres, à la réalisation de ce qu'ils estiment être leur devoir, Sagawa ne va plus vivre, désormais, que pour atteindre le but qu'il s'est fixé, quelles qu'en puissent être les conséquences. C'est en transformant son fantasme en fatalité que Sagawa est parvenu à l'introduire dans le réel et à passer à l'acte.

Comme la semaine précédente, Renée s'assied et commence à lire des poèmes : Goethe, Schiller... Tandis qu'elle lit, face au magnétophone, elle ne peut voir Sagawa qui, sur la pointe des pieds, va décrocher le fusil. Le bruit de sa propre voix empêche Renée d'entendre Sagawa qui s'approche d'elle par-derrière et la vise à la tête. Sans désormais la moindre hésitation, le Japonais presse la détente mais à sa grande surprise rien ne se passe. Il essaie à nouveau. Toujours rien. Toute à sa lecture, Renée ne s'est rendu compte de rien et Sagawa, qui ne veut pas compromettre ses chances, préfère renoncer temporairement à exécuter son projet. Aussi discrètement qu'il s'est approché de Renée, il ressort de la pièce et va ranger le fusil.

« Au lieu de me faire renoncer, ce contretemps m'a au contraire poussé encore plus à réaliser mon obsession », explique-t-il.

La scène qui suit serait, dans un autre contexte, digne d'un film comique : Sagawa sort discrètement de sa poche une bombe de gaz paralysant et en projette une giclée vers Renée : aucun effet. Renée ne se rend même pas compte de l'agression ! Il dirige alors le jet dans un verre d'eau qu'il fait boire à Renée. Celle-ci trouve au breuvage un très mauvais goût et quitte l'appartement.

Aussitôt, Sagawa se précipite sur sa carabine et constate qu'elle était tout simplement mal armée. Comme il possède un silencieux, il tire une balle dans le jardin et constate que la carabine fonctionne parfaitement.

Dans une lettre qu'il lui écrit le jour même, Sagawa demande à Renée de revenir le jeudi. Il lui jure, et ce sera malheureusement vrai, que ce sera la « dernière fois ».

Le jeudi 11 juin, lorsque Renée revient pour la quatrième fois chez Sagawa, il est parfaitement calme. Comme les fois précédentes, il la remercie de se donner tant de peine pour lui et, après lui avoir offert du thé et des gâteaux, l'installe à nouveau face au mur. Il feuillette rapidement le recueil de poésie allemande et en choisit un qui a pour thème la mort[1]. Puis, il met en marche le magnétophone et demande à Renée de commencer à lire :

[...] *L'homme fort qui part pour l'Ouest avec le soleil levant*
Je le loue avec joie
Il chasse une bête sauvage gorgée de sang dans le pays
Dans la journée dévore la ville

1. « Abend », de Johannes Becher. Sagawa affirmera plus tard que, ne parlant pas l'allemand, il a choisi ce poème au hasard.

Se rassasie de cervelle
L'animal qui a déchiré la terre avec le mauvais désir...

Entièrement absorbée par sa lecture, Renée ne s'aperçoit pas qu'Issei s'est levé et qu'il a quitté la pièce. Elle ne le voit pas non plus revenir, la carabine à la main. Comme l'avant-veille, il vise la nuque mais, cette fois, le coup part et Renée s'effondre, tuée net.

« Je n'ai pas eu véritablement l'impression d'avoir tué quelqu'un, dit-il. Si je l'avais poignardée, peut-être que les choses auraient été différentes. Tout ce que je sais c'est qu'au moment où elle était de dos, ce n'était plus Renée avec qui je parlais quelques minutes auparavant. Elle était devenue un objet. L'objet de mon fantasme. La tuer était une obligation. »

Ce qui s'est passé ensuite, Issei Sagawa me l'a confié au cours d'un de nos entretiens restitué ici dans son intégralité[1].

---

1. Une partie de l'interview a été publiée, en mars 1986, dans *L'Écho des savanes*.

Chapitre 9

« Je voulais sentir le goût de sa vie »

Durant quatre jours, Sagawa va accomplir des actes relevant de la barbarie la plus effroyable ou, comme le jugeront plus tard les psychiatres, de la démence. Le contraste entre l'abomination de ces actes et la placide lucidité avec laquelle il les raconte est d'autant plus insoutenable qu'encore une fois, Sagawa n'a pas une parole de regret.

« Après avoir tué Renée, j'étais totalement bouleversé. Je ne sais pas pourquoi mais j'ai d'abord pensé appeler la police. Ou bien une ambulance. Mais finalement, je n'en ai pas eu le courage. J'imaginais que je serais arrêté... Bref, je n'arrivais pas à m'y résoudre.

J'ai tout de suite vu qu'il y avait beaucoup de sang qui coulait, puitt, puitt, comme ça derrière la tête. Parce qu'elle est tombée d'abord en avant et ensuite, avec la chaise, elle est tombée en arrière. Elle n'a même pas poussé un cri. Rien du tout. Ça a été vraiment instantané. Enfin, peut-être que le moment exact de sa mort, ça a été quand elle est tombée en arrière parce que j'ai vu sa gorge qui a légèrement tremblé. Son expression avait complètement changé. Elle crachait du sang et avait gardé les yeux grands ouverts. Encore une fois, j'ai failli appeler l'ambulance mais j'étais comme paralysé. Alors, comme il y avait énormément de sang qui coulait de sa tête, je suis allé chercher une serpillière dans la salle de bains pour essayer d'arrêter le sang mais c'était trop tard.

Je me suis alors rendu compte que la fenêtre était ouverte et il m'a semblé que quelqu'un nous regardait. Je me suis précipité pour la fermer ainsi que les rideaux et j'ai allumé la lampe du bureau. Je me suis alors entièrement déshabillé et j'ai essayé de la déshabiller aussi en commençant par son jean. Ce n'était pas facile. Ça ne glissait pas. Alors j'ai voulu le découper avec une paire de ciseaux mais je n'y suis pas parvenu. J'ai regardé son buste. Comme il faisait chaud, elle ne portait qu'un tee-shirt que j'ai essayé de lui ôter mais, vu qu'elle était tombée sur le dos, j'avais le plus grand mal à le faire glisser. J'ai tout de même fini par y parvenir et, en même temps, à dégrafer son soutien-gorge. J'ai alors à nouveau essayé le pantalon mais en pensant, cette fois, à baisser la fermeture Éclair. C'est venu très facilement et le slip est venu avec. Ça bloquait juste un peu vers le bas à cause d'un tabouret que j'ai retiré. Ses jambes sont retombées.

Je me suis approché des parties sexuelles. Ça sentait assez fort. J'avais très envie de manger ses fesses. Tout de suite.

Tandis que j'essayais de la retourner, j'ai remarqué un fil qui sortait de son sexe. J'ai tiré. Elle avait ses règles. Le tampon sentait très fort mais il n'y avait pas de sang qui coulait de son sexe.

Ça a été très dur de la retourner mais j'ai fini par y parvenir et j'ai enfin vu ses fesses. Elles n'avaient pas l'aspect que j'imaginais. Ce n'étaient pas les fesses d'une femme vivante. Elles étaient vraiment pâles.

J'avais envie de mordre dans ses fesses mais en même temps, j'ai une peur terrible du sang. Je me suis dit que, le cœur étant à gauche, il valait mieux mordre dans la fesse droite. J'ai essayé de trouver l'endroit le plus charnel et j'ai mordu dedans. C'était extrêmement dur. J'avais beau essayer de mordre de toutes mes forces, je ne parvenais pas à en arracher le moindre morceau. J'avais mal aux mâchoires à force d'essayer.

Pourtant, j'avais terriblement envie de goûter. Je voulais sentir l'existence de Renée, goûter son goût. Je voulais goûter l'intérieur de sa peau, de sa viande. C'était le goût unique de sa vie à elle que je recherchais. J'ai toujours ressenti l'amour comme une gamme montante de plaisirs : le premier plaisir, c'est d'admirer la beauté de l'autre. Ensuite, il y a le toucher, la découverte de la peau. Puis vient le baiser grâce auquel, déjà, on a une petite idée du goût de l'autre. Enfin, l'étape suivante, c'est... manger. Pour moi, c'est vraiment logique. Je ne comprends pas qu'on trouve ça bizarre. Regardez les films de vampires, les victimes sont toujours de belles jeunes filles, jamais de vieux hommes laids! Il se trouve que moi, je ne m'intéresse pas au sang (j'en ai plutôt peur) mais au fond, ce qu'on voit dans les films de vampires ressemble à ce que je ressens. C'est le même désir de goûter, de savoir [...]

Donc, n'arrivant pas à mordre dans sa fesse, je suis allé chercher un couteau à la cuisine, un petit couteau à fruits, d'abord, avec lequel j'ai essayé de piquer dans la chair mais cela résistait même au couteau. Je n'aurais jamais imaginé que la peau humaine fût si dure...

J'ai alors pris un couteau plus grand, un couteau à viande, et j'ai finalement réussi à l'enfoncer. J'ai coupé un bout mais il n'y avait pas une goutte de sang. J'ai simplement vu des choses toutes jaunes, comme des épis de maïs. J'étais un peu surpris parce que j'étais persuadé que si je coupais un bout de fesse, la viande apparaîtrait tout de suite. En réalité, ce n'est pas du tout comme cela. On tombe d'abord sur de la graisse, très épaisse.

Je coupais, coupais et je ne trouvais toujours

pas de viande. À force de couper, j'ai fini par trouver des choses rouges. J'en ai tout de suite coupé un bout que j'ai mangé. C'était très bon. J'en ai mangé plusieurs fois... Les fesses étaient vraiment, pour moi, la partie la plus attirante. En second, ce sont les cuisses. J'ai donc découpé les cuisses. Là, on trouve de la viande beaucoup plus facilement et elle est beaucoup plus tendre que la viande des fesses. La viande des fesses est très serrée tandis que celle des cuisses est longue. Ce sont des muscles, vous comprenez. C'est à la fois plus facile à découper et plus facile à manger. Et c'est aussi bon que les fesses.

Ensuite, j'ai pris une photo de la partie coupée, la fesse. Et puis je l'ai retournée de l'autre côté pour lui faire l'amour. Ce n'était pas tellement facile mais j'ai réussi.

Après, j'ai essayé de manger ses seins. Je les ai coupés mais quand je les ai retournés, il n'y avait pas de viande à l'intérieur. C'était seulement du gras. J'étais très déçu. J'ai quand même essayé d'en cuire un à la poêle pour goûter. Et là, surprise : le sein a commencé à gonfler faisant apparaître aussi le mamelon. Il a repris l'aspect d'un sein de jeune fille, ferme comme une balle de caoutchouc, comme du temps où sa poitrine était encore vivante, où elle respirait, pleine de vitalité.

J'ai ensuite essayé de transporter le cadavre dans la salle de bains. Là aussi, cela m'a demandé beaucoup d'efforts. Je devais d'abord déplacer le lit et pour cela, comme ma chambre était très petite, il me fallait déplacer le frigidaire. J'ai mis le frigidaire sur le lit. J'ai d'abord essayé de traîner le cadavre jusqu'à la salle de bains mais je n'avais pas assez de force car il était coincé. En donnant quelques coups de pied dedans, j'ai réussi à le décoincer et à le tirer.

À ce moment-là, j'ai remarqué son sac, sur le lit. J'ai beaucoup hésité à fouiller dedans. J'étais très tendu. Pour moi, c'était beaucoup plus difficile de fouiller dans son sac que de la manger. J'ai trouvé sa carte orange et un ticket de cinéma... Le dernier film qu'elle a vu c'était *The Rose*. C'est moi qui lui avais indiqué dans quel cinéma ça se jouait.

Une fois dans la salle de bains, j'ai découpé ses fesses plus complètement pour les cuire à la poêle. J'ai arraché la peau et j'en ai fait griller quelques morceaux. Je me les suis servis dans une assiette. J'ai mis du sel, de la moutarde, etc., c'était meilleur. J'ai aussi fait cuire un bout de cuisse.

Tout cela s'est passé dans les trente minutes qui ont suivi sa mort. Pour la déshabiller, il m'a fallu dix minutes et puis quinze minutes pour la tirer dans la salle de bains. Son corps était encore un peu chaud mais elle s'était vidée de presque tout son sang. Quand je l'ai découpée en morceaux, il n'y avait presque plus de sang.

– Vous auriez pu manger une femme japonaise?

– Oui, éventuellement. Une fois, dans un train, j'ai vu le mollet d'une Japonaise et je me souviens très bien l'avoir trouvé appétissant. Mais j'admets que l'idéal de beauté, pour moi, c'est quand même la femme occidentale. Sexuellement, je préfère les femmes occidentales. Quant au goût, il y a sans doute une petite différence... Je ne sais pas. La femme occidentale est peut-être plus... charnelle. Après mon affaire, beaucoup de gens m'ont posé la question : quel goût a la chair humaine? Ce que je peux dire c'est qu'au moment où j'y ai goûté pour la première fois, j'ai trouvé qu'il n'y avait aucune différence avec d'autres viandes comme le bœuf ou le porc : la viande est la viande. Pourquoi la chair humaine serait-elle spéciale? Après tout, c'est aussi une chair animale....

C'est ce que j'ai ressenti quand j'ai commencé à manger sa fesse crue... C'était tellement bon! Je suis sûr que vous aussi, si vous en aviez goûté, vous auriez eu la même réaction que moi. C'était réellement très bon. Mais quand j'ai cuit la viande, elle n'avait plus aucun goût (peut-être parce que je n'avais mis ni sel ni moutarde...) C'est à ce moment que j'ai pensé que cette viande était pareille à du bœuf. Peut-être un peu plus délicate mais presque pareille. J'ai pensé, à ce moment-là, la chair est la chair, la viande est la viande... J'ai soudain pris conscience que cette viande n'était plus Renée. Renée n'était plus là. Et j'ai ressenti une grande tristesse. C'est comme si, tout d'un coup, je quittais le royaume de l'illusion pour revenir à la réalité...

– Très honnêtement, l'avez-vous tuée pour la manger ou n'y avez-vous pensé qu'ensuite?

– Je l'ai tuée pour la manger et uniquement pour ça.

– Pourtant, juste après votre arrestation, les journaux ont écrit que vous l'aviez tuée parce qu'elle s'était moquée de vous, qu'elle ne voulait pas de vous...

– C'est faux. Je suis quelqu'un d'extrêmement timide et je n'ai jamais osé demander directement à une fille si elle voulait coucher avec moi. D'ailleurs, je la connaissais depuis un mois à peine et je n'étais pas encore amoureux d'elle. Elle n'était qu'une amie même si, je le reconnais, je la trouvais très belle.

Voilà ce qui s'est passé : juste après mon arrestation, la police, qui n'avait pas encore ouvert, le frigidaire m'a demandé si c'était un accident ou si c'était par amour. Peut-être les Français pensent-ils toujours comme cela? Sans vraiment réfléchir, j'ai répondu qu'elle s'était moquée de moi et que je m'étais mis en colère, que je ne m'étais plus maîtrisé et que j'avais tiré. Ne sachant absolument pas comment expliquer ce qui s'était passé, j'ai dit la première chose qui me venait à l'esprit. Plus tard, j'ai essayé de dire que je l'avais tuée pour la manger mais on ne me croyait plus.

– Revenons à ce que vous avez fait après avoir consommé de la chair cuite…

– Je suis allé au Prisunic pour acheter deux valises bon marché ainsi que des sacs-poubelle et des couteaux. Je suis remonté chez moi et je suis à nouveau allé au Prisunic pour louer, cette fois, un aspirateur à moquette. C'était tellement lourd qu'en revenant, il m'est arrivé une aventure : j'ai bousculé une vieille dame qui est tombée. De mon côté, j'ai lâché l'aspirateur qui s'est brisé en mille morceaux. La dame a commencé à crier, moi aussi et ça a créé un attroupement autour de nous. J'ai soudain pris peur mais au bout du compte, j'ai ramassé les morceaux d'aspirateur et tout le monde est parti. Je suis rentré chez moi.

Je me suis alors souvenu que j'avais promis à une amie de lui montrer, le lendemain, un passage de ma thèse sur Kawabata. Passage que je n'avais pas encore eu le temps d'écrire.

Alors, je me suis mis au travail et j'ai rédigé, durant une heure et demie environ, tout en allant, de temps à autre, jeter un coup d'œil sur le cadavre de Renée.

En ouvrant l'un des tiroirs de mon bureau, je suis tombé sur un petit drapeau. Vous savez, ces petits drapeaux qu'on plante sur les steaks épais dans les restaurants Hippopotamus par exemple. Je me suis approché du cadavre avec mon petit drapeau et j'ai essayé de repérer les morceaux comme le filet, le faux-filet, etc., mais je ne m'y connais pas tellement et c'était dur de reconnaître de quels morceaux il s'agissait. Depuis longtemps, j'avais imaginé que si je réussissais à avoir le cadavre d'une jeune fille, je planterais des petits drapeaux de ce genre sur son dos. Mais là, quelque chose m'en a empêché. Je n'arrivais plus à blesser son corps et j'ai dû abandonner cette idée.

C'est alors que j'ai pensé aux lettres. À mes lettres adressées à Renée qui se trouvaient dans son appartement. Je devais les faire disparaître.

J'ai trouvé ses clés dans son sac et je suis allé à son appartement mais la porte extérieure était déjà fermée. De l'intérieur, une dame m'a même dit : « C'est fermé » et je suis reparti. Bien plus tard, après mon arrestation, je me suis dit que j'avais été idiot de renoncer puisque j'avais la clé.

Jusque-là, je n'avais découpé que les parties « charnelles ». J'avais également mis quelques morceaux dans des assiettes au réfrigérateur dans l'idée de les manger plus tard.

Ah oui, j'oubliais : je crois que c'est la première nuit que j'ai mangé son sexe. J'ai mangé beaucoup cette nuit-là. Oui, c'est ça, dans l'ordre, j'ai mangé sa fesse puis sa cuisse, son sein, et puis j'ai fait l'amour avec elle, j'ai pris une photo et j'ai coupé le sexe pour le manger.

– Quand vous dites « j'ai fait l'amour avec elle », qu'est-ce que cela signifie au juste?

– Ça a commencé par un choc pour moi parce que quand je me suis couché sur elle, elle a soufflé. En fait, c'était un peu d'air qui restait dans les poumons. J'ai fait l'amour avec elle en l'embrassant. C'était un peu froid mais pas tellement difficile. Plus tard, j'ai encore fait l'amour avec elle mais en utilisant sa main.

Pour moi, ce n'était pas très important de faire l'amour avec elle mais j'en avais quand même envie de temps en temps. Le fait d'avoir mangé de la viande crue m'avait donné de l'énergie.

– Et quand elle était vivante, vous aviez envie de faire l'amour avec elle?

– Pas précisément. Bien sûr, elle était très charmante, très belle. J'en avais peut-être envie inconsciemment mais je ne crois pas.

C'est de manger sa chair qui m'en a donné envie. Comme je vous l'ai dit, pour moi, les deux choses sont très proches. Faire l'amour, c'est même assez secondaire.

Le sexe, je l'ai découpé après avoir transporté le corps dans la salle de bains. J'ai d'abord voulu le manger cru mais ça sentait trop fort et je l'ai fait légèrement revenir à la poêle avant de le manger presque entièrement. Il en est juste resté un tout petit bout dans la poêle. Ensuite, j'ai découpé l'anus mais ça sentait vraiment trop et je n'ai pas réussi à le manger. Je ne sais plus ce que j'en ai fait. J'ai dû le jeter.

Je ne sais plus si c'est à ce moment ou le lendemain que j'ai coupé son ventre pour sortir les intestins... Ce dont je me souviens c'est que j'ai travaillé sur ma thèse jusqu'à 3 h du matin, heure à laquelle je me suis couché. J'ai très bien dormi cette nuit-là. Très profondément. Je me suis réveillé vers 8 h. Là, j'ai un peu hésité à ouvrir la porte de la salle de bains. J'avais peur de l'odeur. Mais en fait, l'odeur n'était pas très forte et le cadavre n'était pas du tout décomposé.

J'ai pensé qu'il me fallait acheter une sorte de scie électrique ou une tronçonneuse et je suis sorti.

Le supermarché n'était pas encore ouvert alors je suis allé prendre un café. Juste à côté de moi, dans le café, il y avait une fille qui portait une jupe assez mini. J'étais fasciné par ses cuisses que j'essayais, dans mon esprit, de comparer aux cuisses de Renée mais je me rendais compte qu'une cuisse morte n'avait plus rien à voir avec une cuisse vivante.

Quand le supermarché a ouvert, j'ai acheté la scie et, en revenant, j'ai trouvé, par hasard, une hache au marché.

J'ai remonté tout cela chez moi mais il était l'heure de mon rendez-vous avec mon amie à qui je devais montrer ma thèse. Cette amie travaillait à l'ambassade du Japon. Lorsque je suis arrivé, elle était au téléphone et on m'a demandé d'attendre. Je me suis mis à feuilleter les livres qui se trouvaient là et, hasard extraordinaire, le premier livre sur lequel je tombe était sur l'autopsie ! Mon amie est arrivée mais je suis parti au bout d'un quart d'heure parce que je la voyais à présent comme à travers un voile. Il me semblait d'ailleurs que j'étais désormais séparé des autres par une sorte de barrière invisible.

Je suis rentré chez moi et j'ai commencé à découper le corps. Enfin, à essayer, parce que je n'arrivais pas du tout à utiliser la tronçonneuse. J'ai donc pris la hache pour couper la cuisse et j'y suis arrivé après de longs efforts. Tout son corps tressautait et j'ai senti qu'elle avait très mal.

Par contre, pour les épaules, c'était impossible avec la hache. J'ai dû utiliser la tronçonneuse.

– Personne n'avait encore remarqué l'absence de Renée ?

– Non, je ne crois pas. Ce jour-là, j'avais d'ailleurs rendez-vous avec elle et d'autres amis pour aller au cinéma. Nous devions aller voir *West Side Story*. Je m'en suis souvenu quand une amie coréenne de Renée m'a appelé pour me dire qu'elle ne pourrait pas venir et, n'arrivant pas à joindre Renée, me demandait de le lui dire.

Du coup, j'ai décidé d'aller quand même au cinéma en pensant que les autres amis pourraient trouver bizarre de ne pas nous voir, ni moi, ni Renée. Curieusement, j'avais l'impression qu'elle allait arriver d'une minute à l'autre. Il y avait la queue devant le cinéma et beaucoup de jeunes filles de l'âge de Renée attendaient pour entrer.

Après le cinéma, je suis revenu directement chez moi pour continuer le découpage.

– À aucun moment vous n'avez eu l'impression d'être devenu fou? Ne vous êtes-vous pas dit : « il faut être fou pour faire une chose pareille? »

– Jamais. Bien sûr, de temps en temps, je ressentais des sortes de chocs comme, par exemple, quand j'ai vu toutes ces grosses mouches sur son visage. Parfois, en regardant le cadavre, j'étais mal à l'aise mais tout de même pas au point de devenir fou. Je sentais juste qu'elle était devenue complètement matière.

Il m'arrivait de parler tout seul. Je me disais : cette partie est un peu dure, celle-ci est plus tendre. J'entendais aussi tout le temps le bruit des sirènes de police. Peut-être est-ce un signe de folie... Je ne sais pas.

Toujours est-il que j'ai découpé le corps jusque très tard dans la nuit.

Par hasard, ce soir-là, la télévision donnait *Rashomon* de Kurosawa. J'avais monté le son pour que cela couvre le bruit de la tronçonneuse. Dans ce film, il y a un homme qui est déjà mort et qui dit « calme, calme, tout est calme... » C'était le monde de la mort. Je me suis souvenu du visage de Renée juste après sa mort et j'ai pensé : c'est trop triste de mourir. Je ne veux pas mourir.

Pour la tête, j'ai beaucoup hésité avant de la couper. J'avais terriblement peur de le faire. J'imaginais que je serai guillotiné. Quand je l'ai fait, à coups de hache, j'ai voulu crier « Je suis un cannibale ! » mais aucun son n'est sorti de ma bouche.

Après le découpage, j'ai mis les morceaux dans des sacs poubelles. Ça n'a pas été très difficile pour les bras et les jambes mais le tronc était beaucoup plus lourd malgré le fait que j'avais déjà retiré les viscères. Je l'ai enveloppé dans un drap et j'ai réussi à le tasser dans la valise.

Une fois les valises pleines, je suis allé chercher un caddy à Euromarché et j'ai appelé un taxi à qui j'ai demandé de venir chercher les valises à ma porte.

– Pourquoi avez-vous pris des photos du corps de Renée ?

– Comme souvenir...

– Vous ne pensiez donc pas être pris ?

– À partir du moment où les valises ont été découvertes, j'étais sûr que je serais arrêté.

– Vous pensiez vraiment pouvoir jeter les valises dans le lac du Bois de Boulogne et qu'on ne les retrouverait pas ?

– Le lac, c'est vraiment une obsession pour moi. Quand je faisais appel aux prostituées, je ne sais pourquoi, je pensais toujours au lac du Bois de Boulogne. Pas à un autre. Au point qu'un jour où je me promenais avec des amis autour de ce lac, j'ai pensé : quoi qu'il arrive, c'est ici que je dois jeter le corps. Peut-être cela a-t-il un intérêt psychologique, je ne sais pas... J'étais convaincu, en tout cas, que si je jetais le corps dans ce lac, je ne serais jamais découvert. Il s'agit, là aussi, d'une sorte d'obsession car je me rends bien compte que ça n'a aucun sens. Je n'ai pas du tout pensé à la Seine, par exemple.

– Dans ce cas, pourquoi ne pas avoir attendu la nuit pour vous débarrasser de vos valises?

– Mais j'ai essayé! Seulement ça a lamentablement échoué. J'avais pris un caddy dans un Euromarché et j'ai appelé un taxi vers 1 h 30 ou 2 h du matin. Le taxi a placé les valises dans le coffre mais une fois qu'elles y étaient, le caddy ne rentrait plus. Alors le chauffeur a décidé de le mettre par-dessus les valises et de l'attacher avec des tendeurs. Évidemment, le coffre ne fermait pas et ça faisait un peu bizarre, ce taxi avec un caddy qui dépassait à moitié.

J'ai demandé au chauffeur de me déposer devant mon université mais il n'a pas compris et il a dépassé la porte Dauphine. Sur cette place, il y a beaucoup de prostituées, et donc, il y a toujours une voiture de police qui patrouille. Ils nous ont suivis et nous ont arrêtés juste devant l'université. Ils m'ont demandé si ce caddy était à moi. J'ai répondu que je l'avais volé. Alors, ils m'ont demandé ma carte de séjour et comme tout était en règle, ils m'ont dit : « On ferme les yeux pour cette fois mais vous devez promettre de rapporter le caddy à Euromarché. » Ça ne leur est pas venu à l'idée de regarder ce qu'il y avait dans les valises. C'étaient des policiers assez indifférents.

J'ai alors demandé au chauffeur de taxi de me ramener chez moi mais je me suis rendu compte que les valises commençaient à sentir et j'ai pris peur. J'ai décidé que j'irais m'en débarrasser le lendemain, même en plein jour si nécessaire.

En fait, il n'y avait pas tant d'odeur que cela parce que tout le sang était sorti. Donc le cadavre n'était pas pourri. Mais je suis très sensible aux odeurs et même, j'ai *peur* de l'odeur. J'ai aspergé les valises d'eau de Cologne pour que le chauffeur de taxi ne se rende pas compte de ce qu'il transportait.

Une fois au Bois avec les valises, je me suis rendu compte qu'il y avait encore beaucoup de monde et, avec mes valises, j'attirais l'attention. Tout le monde me regardait. Je ne savais pas quoi faire. J'ai attaché les valises à un arbre et je me suis allongé sur un banc. Comme j'étais très fatigué, je me suis endormi. J'avais l'impression d'être un héros de cinéma. Quand je me suis réveillé, j'ai remarqué que tous les gens qui passaient regardaient les valises. Alors j'ai recommencé à avoir peur surtout quand j'ai remarqué qu'il commençait à y avoir beaucoup de mouches autour des valises... Pris de panique, je me suis enfui en courant avec l'idée de me sauver en laissant les valises là où elles étaient. Mais quand un taxi s'est arrêté, j'ai demandé au chauffeur de m'aider à les reprendre. Nous nous sommes dirigés ensemble vers le lac et nous avons repris les valises mais tandis que nous marchions vers la voiture, il m'a semblé apercevoir un endroit plus tranquille et j'ai demandé au chauffeur de s'arrêter. C'était juste au-dessus d'un terrain en pente qui descendait vers le lac. Le problème, c'est qu'il y avait sans cesse des joggers qui débouchaient brusquement de derrière un buisson. Je me suis remis à avoir très peur au point de ne plus pouvoir avancer d'un pas. J'ai à nouveau attaché les valises à un arbre jusqu'à ce qu'il me semble qu'il n'y avait plus personne qui passait. Je les ai alors détachées et j'ai essayé, en donnant des coups de pied dedans, de les faire glisser vers le lac. Malheureusement, je n'avais pas assez de force et la première valise s'est arrêtée au milieu de la piste.

J'étais encore en haut de la piste lorsqu'une jeune fille a essayé d'ouvrir la valise. J'étais très étonné. Elle m'a quand même demandé si c'était à moi et quand j'ai répondu « oui », elle est partie. Visiblement, elle trouvait ça bizarre. J'ai pensé qu'il valait mieux que je descende à côté des valises et je me suis assis là, à mi-pente. Mais, à nouveau, j'ai pris peur et je me suis éloigné. Je suis allé juste au bord du lac contempler le coucher de soleil qui était magnifique. À ce moment-là, quelqu'un a crié. Un homme essayait d'ouvrir une valise. Puis, m'apercevant, lui aussi m'a demandé si c'était à moi mais cette fois, sans réfléchir, j'ai dit « non ». Il a alors ouvert complètement la valise et il a trouvé le drap ensanglanté. Je l'ai entendu dire « boucherie, boucherie » et puis il a couru vers sa femme qui était restée en haut de la pente. Ils ont commencé à discuter pour savoir s'il fallait ou non prévenir la police et pendant ce temps, je me suis enfui.

J'ai d'abord pensé prendre le premier avion pour le Japon mais je me suis dit que, même là-bas, je serais arrêté dans les prochains jours. J'ai aussi songé au Brésil car c'est un pays qui n'a pas d'accord d'extradition avec la France. Mais comment faire sans argent? Et, de toute façon, même si j'étais arrivé jusque là-bas, je ne pense pas que je serais parvenu à m'adapter à ce pays. La nourriture est complètement différente... En plus, je n'aurais pas pu revoir mes parents ou mes amis. Tout compte fait, je préférais être arrêté en France et c'est pourquoi j'ai abandonné toute idée de fuite. Je savais que, tôt ou tard, on viendrait m'arrêter. Je ne savais pas exactement comment on allait me retrouver mais je savais que ça ne tarderait pas.

Et pourtant, bizarrement, j'ai été très surpris

quand la police est arrivée chez moi. Je leur ai même demandé comment ils m'avaient trouvé. Ils m'ont répondu : « C'est le chauffeur de taxi... »

– Vous n'avez pas été arrêté tout de suite, n'est-ce pas?

– Non. J'ai pu rentrer chez moi et j'ai mangé la viande qui était dans le frigidaire. Il n'y a que le samedi que je n'en ai pas mangé. Sinon, j'ai mangé Renée le jeudi (jour où je l'ai tuée), le vendredi, le dimanche et le lundi. Ces jours-là, je n'ai rien mangé d'autre. Le samedi, j'ai mangé une salade niçoise dans un restaurant des Champs-Élysées. Comme j'avais raté le coup des valises, je savais que j'allais être arrêté et je voulais me payer une dernière soirée agréable. Mais j'étais tellement fatigué que je n'arrivais pas à manger.

Le dimanche après-midi, j'ai jeté son pantalon et son tee-shirt dans une poubelle des Champs-Élysées.

Le soir, il y avait la fête sur le pont Neuf. On entendait la *Sixième Symphonie* de Beethoven. J'ai jeté les couteaux qui ont coulé tout de suite. J'ai jeté la hache au pont Saint-Michel. Quant à la tronçonneuse, je l'ai jetée de la proue d'un bateau de pêche. J'ai également jeté la trousse de maquillage que j'ai regardée flotter longtemps. Il y avait un magnifique coucher de soleil et j'avais l'impression que l'esprit de Renée flottait sur la Seine. C'était très poétique. Très beau.

En revanche, je n'ai pas voulu jeter sa montre qui semblait assez précieuse. Je me suis dit que cela pourrait peut-être rendre quelqu'un heureux... Alors je l'ai laissée sur le rebord du pont Saint-Michel. Il ne me restait plus que sa chaîne que j'ai jetée au milieu de la place de la Concorde. »

Chapitre 10

La Santé

Incarcéré à la prison de la Santé, Sagawa est présenté le 18 juin 1981 au juge Jean-Louis Bruguière, chargé de l'instruction.

Se trouvant manifestement en présence d'un cas de psychopathologie majeure, celui-ci désigne sur-le-champ trois psychiatres, les docteurs Serge Brion, Bernard Defer et Alain Diederichs afin qu'ils examinent Sagawa.

Dans le même temps, le père du meurtrier, homme autoritaire et habitué à être obéi, arrive à Paris.

Dans une interview qu'il accordera à l'hebdomadaire *Shukan Gendai* au mois de janvier 1982, Akira Sagawa racontera les conditions dans lesquelles sa femme et lui ont appris la nouvelle : « Nous étions en train de dîner lorsque nous avons reçu un coup de fil de Kobé. C'était la mère de mon épouse qui nous disait avoir entendu une information "bizarre" à la télévision concernant un certain Issei Sagawa. Elle se demandait s'il s'agissait bien de son petit-fils. Ensuite, l'agence de presse Jiji nous a appelés en nous demandant si nous étions au courant de ce qu'avait fait notre fils. Comme j'ai répondu par la négative, ils m'ont raconté toute l'histoire. Nous ne pouvions le croire. Immédiatement, tous les médias se sont mis à tambouriner à notre porte avec une agressivité incroyable.

Le lendemain, le ministère des Affaires étrangères nous a annoncé officiellement l'affaire et j'ai pris le premier avion pour Paris. »

Akira Sagawa raconte ensuite comment, en accord avec les responsables d'Itochu (la holding à laquelle appartient la Kurita Kogyo dont il est le p-dg), il a choisi un avocat (l'un des meilleurs sur la place de Paris) avant même de demander à voir Issei.

Akira Sagawa ne veut pas croire à la culpabilité d'Issei : « Mon fils ne peut avoir commis un tel acte, déclare-t-il à une chaîne de télévision japonaise. Ce n'est pas possible, je veux qu'on me montre des preuves. » Comment son petit Issei aurait-il pu commettre ces horreurs qu'on lui reproche alors qu'il a, la même semaine, envoyé à sa mère un petit chat en peluche pour son anniversaire? Mme Sagawa, qui a téléphoné à son fils quelques heures avant son arrestation pour le remercier, affirme d'ailleurs qu'il était tout à fait normal.

Mais à la suite d'un entretien avec son fils et surtout avec son avocat, Maître Philippe Lemaire, Akira Sagawa change de discours et admet, effondré, que son fils pourrait bien avoir commis le crime dont il s'accuse lui-même.

On apprend, quelques jours plus tard, que la mère de Sagawa a tenté de s'ouvrir les veines.

Quant à Issei, il semble prendre son sort avec philosophie et considère son séjour dans une prison française comme une « expérience » intéressante. Il est persuadé que son père va le tirer de là et décide de prendre son mal en patience. Ses conditions d'incarcération sont d'ailleurs tout à fait supportables, comme le constatera une équipe de la télévision japonaise spécialement venue de Tokyo : il est seul dans sa cellule et on lui a permis de décorer les murs avec les articles sur son affaire. Il s'est aussi procuré un portrait de Renée qu'il a fait encadrer.

« J'avais les meilleurs rapports du monde avec les autres prisonniers, se souvient Sagawa, mais les gardiens étaient assez durs avec moi. Un jour, par exemple, j'avais tellement de fièvre que j'ai demandé au gardien-chef de boucher la fenêtre avec du papier journal. Or c'est par cette fenêtre que le gardien pouvait venir jeter un coup d'œil deux fois par jour et évidemment, le papier le gênait. Il s'est alors énervé contre moi. En guise de représailles, il a fait semblant de ne pas entendre qu'on appelait mon nom pour le parloir. Il discutait tranquillement avec les autres gardiens. C'était pourtant une amie qui était venue spécialement du Japon pour me voir. Je l'ai appelé plusieurs fois jusqu'à ce qu'il finisse par venir mais il était vraiment furieux après moi et deux jours après on m'a mis au cachot pour quatre jours. »

Il a raison de compter sur la puissance paternelle. Conseillé par son avocat, Akira Sagawa a compris qu'après les aveux d'Issei, la seule chance qui lui reste de sauver son fils est d'invoquer la démence au moment des faits. Si elle était reconnue, elle entraînerait en effet automatiquement l'application de l'article 64 du Code pénal selon lequel « il n'y a ni crime ni délit lorsque le prévenu est en état de démence au moment de l'action ou lorsqu'il y a été contraint par une force à laquelle il n'a pu résister ».

Dès lors, tout ce qui pourra aller dans le sens de la folie de Sagawa sera mis en avant et Issei lui-même, dans un entretien avec le juge Bruguière, révèle brusquement ses « antécédents psychiatriques ». Il parle notamment d'une crise d'épilepsie survenue à l'âge de dix-sept ans grâce à laquelle les médecins ont pu constater un électroencéphalogramme « perturbé ». Sagawa lui-même demande au juge de bien vouloir noter qu'il a déjà été soigné dans un établissement psychiatrique...

Aucun détail n'est négligé pour étayer la thèse de la démence : se confiant un jour à l'un de ses codétenus de la Santé (un journaliste dont il savait qu'il publierait, plus tard, l'entretien dans *VSD*) Sagawa déclare : « Tout ce qu'on m'a fait dire a été inventé. » Il raconte que, depuis son enfance, il plonge dans des colères terribles dès qu'on contrarie ses désirs. Des colères dont il précise qu'elles ne lui laissent jamais « aucun souvenir ». Ce n'est que lorsque la crise est passée qu'il réalise les dégâts.

La version qu'il donne du crime est alors sensiblement différente de celle qu'il a indiquée aux policiers :

« Je ne me souviens plus de mes propres gestes. J'étais très en colère. Renée m'a donné l'adresse de son ami Mohamed B. et m'a dit qu'elle habitait chez lui la moitié de la semaine. À partir de ce jour-là, j'ai beaucoup souffert et j'ai décidé de lui avouer mes sentiments. Elle ne me croyait pas. Elle se moquait de moi. D'où ma colère.

J'aimais Renée passionnément mais elle ne m'a pas du tout compris. Ce jour-là, comme les autres jours, elle n'a prêté aucune attention à moi et à ce que je lui disais avec tout mon cœur. Elle riait et se moquait de moi. Je n'ai utilisé aucun mot vulgaire et j'ai seulement essayé de lui dire que je l'aimais. Mais elle m'ignorait parfaitement et elle continuait à rire. Je ne pouvais plus supporter cette situation et quand, très en colère, j'ai essayé de la menacer avec la carabine, une balle est partie par accident et... Après, je ne peux pas me souvenir. Quand j'ai repris conscience, j'étais déjà un criminel. Je ne comprends pas du tout. »

S'il avait mis de la viande dans le frigidaire, c'était, expliquait Sagawa, parce que les valises étaient trop petites. « En tout cas, répétait-il, je ne suis pas un cannibale. »

Un jour, Sagawa, qui a réussi à cantiner un magazine pornographique, découpe une pin-up bien en chair et la place dans une assiette écrivant à la main : « Plat du jour ». Cynisme ou démence ? Les déclarations de Sagawa père, lorsqu'il parle de l'affaire, iront désormais toujours dans le même sens : celui d'une perte de conscience dans un contexte de graves perturbations d'ordre psychiatrique. Après un nouvel entretien avec son fils, Akira Sagawa, qui n'affiche plus le moindre doute sur la culpabilité d'Issei, se dit choqué de constater que celui-ci « ne se sent pas du tout meurtrier ». « C'est très dur à supporter... »

Aux questions des journalistes qui l'interrogent sur l'entrevue qu'il a eue à Paris avec son fils, il répond, un peu gêné : « Il m'a juste demandé quand il pourrait rentrer chez lui terminer son doctorat. »

Deux mois après le meurtre, Issei adresse

pourtant aux parents de Renée une lettre[1] qui, si elle semble indiquer un vague remords, ne fait que constater le côté inéluctable de son crime. Tout en reconnaissant avoir commis la « pire des choses », il reste dans un état d'exaltation proche du délire :

11 août 1981

Monsieur, Madame,

Cela fait deux mois que Renée est endormie. Bien plus que vous ne pourriez le croire, j'éprouve de la tristesse à la pensée de ce que j'ai fait (et qui est la pire des choses) pour l'avoir tant aimée.

Pour moi, c'est bien plus que de la tristesse et des jours malheureux que je vis à présent. En réalité, je suis plongé nuit et jour au fond du désespoir le plus profond, de la plus extrême détresse. Il m'est impossible d'oublier un seul instant le cauchemar de toute ma vie. Je regarde en ce moment le soleil qui se reflète sur les feuilles des arbres et, sans vouloir vous blesser, j'aimerais vous dire à quel point je trouve que la vie est belle et cruelle à la fois.

---

1. Cette lettre m'a été lue par Sagawa lui-même lors de notre entretien en février 1986. Elle était rédigée en anglais, langue que Sagawa parle couramment.

Ce qui s'est passé, ce jour précis, fut si irrationnel... mais ce fut la conséquence de l'amour, un amour éprouvé avec toute la passion de la vérité.

Je vous demande de tout mon cœur d'accepter mes excuses ainsi que mes sentiments les plus respectueux pour votre fille.

Bien à vous,

Issei Sagawa

En prison, Sagawa rêve souvent de celle qu'il a tuée :

« C'est toujours au même endroit que cela se passe, raconte-t-il : un lieu morne avec un parterre. Je me suis convaincu que cet endroit était la maison de Renée en Hollande, dans le coin où elle dort. Mais elle qui doit dormir là-bas est debout à côté de sa tombe et me regarde tristement. En me réveillant, je frissonne et je me sens m'enfoncer à mon tour dans une tristesse sans fond.

D'autres fois, je rêve que nous marchons dans le jardin et qu'elle me parle : "Je serai là-bas et je serai morte." Surpris, je la supplie de me dire pourquoi mais elle s'en va sans me répondre. À ce moment, le jardin se transforme et devient la cour de mon appartement à Paris. Celui où l'événement a eu lieu. Elle est en train de disparaître par la porte de mon appartement. Je pousse alors un cri déchirant : « Non, il ne faut pas y aller. »

Mais son image a disparu. J'ai l'impression que tout le sang de mon corps remonte au centre de ma tête. Je ne cesse de frissonner et de trembler en me demandant pourquoi je l'ai tuée, si gentille. Puis une peur me saisit : celle de continuer à vivre comme si rien ne s'était passé. »

Sa seule consolation, dit-il, est d'avoir été arrêté car il pense ainsi se racheter en partie par sa détention.

Un peu moins d'un an plus tard, pourtant, il semble déjà envisager la liberté, comme en témoigne cette nouvelle lettre du 16 avril 1982 adressée aux parents de sa victime :

Monsieur, Madame,

J'aimerais vous demander quelque chose bien que ce soit très difficile. Je voudrais visiter la tombe de Renée et, si possible, j'aimerais vous rencontrer afin que vous me parliez d'elle et me racontiez son histoire, surtout son enfance. Je crois qu'en vous écoutant me parler d'elle, vous qui lui avez donné tant d'amour, je me rendrai mieux compte de ce que j'ai fait. Je veux dire, la signification réelle de mon acte terrible. Je sais que c'est très cruel de vous demander cela mais je suis persuadé que mon profond repentir est absolument nécessaire si je veux sauver l'âme de Renée.

I.S.

Quelques jours plus tard, il leur fera parvenir une statuette représentant sa victime qu'il a lui-même fabriquée.

« Vous pouvez bien entendu la briser si ce cadeau vous est désagréable, leur écrit-il, mais j'aimerais vous dire que Renée n'est pas morte. Elle est toujours en vie. »

Tandis que son fils se débat avec sa conscience, Akira Sagawa annonce, au cours d'une conférence de presse, sa décision de démissionner de son poste de p-dg. Ce geste symbolique qui est un peu la version moderne du *seppuku (hara kiri)* est une façon de « payer sa dette » à la société par un simulacre de suicide. Le mot utilisé dans ce genre de situation est *kubi* (le cou), expression qu'on accompagne généralement d'un geste de la main qui évoque un couteau tranchant une gorge. Grâce à son crime, Issei aura obtenu ce qu'il n'aurait pu obtenir par aucun autre moyen (sauf le parricide) : la tête de son père.

« En tant que président de société, il aurait dû, normalement, me demander de lui succéder mais il ne me l'a jamais proposé », dit Sagawa avec une pointe d'amertume, même s'il ajoute crânement que la vie de *salaryman* ne l'intéresse pas du tout. « D'ailleurs, précise-t-il, je suis trop faible pour la supporter. Un *salaryman* doit être très énergique, très fort physiquement. Mon père, lui, est très fort. Il a fait beaucoup de sport, du rugby, de la natation... Il est vraiment très solide. Moi, je suis vraiment tout le contraire. »

En fait, Akira Sagawa, après sa démission, continuera plus ou moins de diriger sa société comme « consultant ». Il sera le shogun de l'ombre, l'important étant de sauver la face (essentiellement celle de l'entreprise Kurita et de la société mère Itochu) en quittant symboliquement son poste. Il tient d'ailleurs à partir la tête haute, comme un homme qui assume ses obligations et non comme un coupable. S'il part, explique-t-il à son conseil d'administration, ce n'est pas à cause du crime de son fils (auquel, il le redit, il ne croit pas) mais pour « l'embarras » que toute cette histoire a pu causer dans l'opinion nipponne. Car pour ce pur produit de l'économie japonaise d'après-guerre, gérer une entreprise c'est être irréprochable même dans sa vie privée : « Si la famille ne fonctionne pas comme il faut, on ne peut pas diriger une société, déclare-t-il à la presse. Pour un chef d'entreprise, l'harmonie familiale et la santé forment deux pôles indispensables. Puisque l'un de ces pôles s'est brisé, je dois en tirer les conséquences. C'est une question de civisme. »

Le 22 juin, une semaine exactement après

l'arrestation de son fils, un droit de visite lui est accordé mais il n'en profitera pas plus d'un quart d'heure car il doit repartir presque immédiatement pour Tokyo présider, pour la dernière fois, l'assemblée générale de sa société.

« Le jour de la visite, raconte-t-il, j'ai regardé Issei avec une certaine sévérité. À ma grande surprise, il ne semblait pas spécialement épuisé et n'avait pas du tout l'air triste. Je lui ai, au contraire, trouvé un air presque joyeux. Il souriait tout le temps. Cela m'a soulagé. »

Lorsqu'il revient à Paris, trois jours plus tard, Issei a totalement changé d'attitude. Son père est frappé par son regard vague et plus encore par les propos qu'il lui tient :

« Il disait ne pas se souvenir de ce qu'il avait fait. En tout cas, pas très clairement. En fait, d'après Issei, le policier qui l'interrogeait lui aurait plus ou moins dicté ses aveux. Ce policier avait un accent si fort qu'Issei n'a rien compris à ce qu'il lui disait. Il a dit oui à tout sans rien comprendre.

En même temps, Issei m'a dit qu'il ne pouvait pas nier son crime. Je me suis alors emporté contre lui :

“L'endroit où tu te trouves aujourd'hui, c'est bien une cellule, n'est-ce pas?

– Oui, m'a-t-il répondu.

– Eh bien, une cellule, c'est là où on met les assassins et il n'y a pas de libération possible pour un assassin. C'est une grande erreur que d'y songer."

Issei semblait à la fois étonné et choqué de ce que je lui disais. Visiblement, il pensait qu'il serait rapidement libéré. »

Akira Sagawa continue d'espérer que tout cela n'est qu'un cauchemar et malgré les aveux de son fils, malgré la stratégie mise en place pour plaider la folie, persiste à penser qu'il est innocent. Lors de son second séjour en France, il invite à dîner tous les amis de son fils qu'il parvient à contacter et leur demande de l'aider à prouver qu'Issei n'est pour rien dans le drame dont on l'accuse...

L'amour paternel n'est pas le seul responsable de cet aveuglement : Issei n'a jamais réussi à parler aussi franchement à ses parents qu'il le fait lorsqu'il est interrogé par le juge ou par la police. Chaque fois que son père lui demande s'il a réellement commis ce meurtre, il répond : « Je ne sais pas. Je n'arrive pas à m'en souvenir. Si je l'ai fait, c'est que j'étais inconscient... »

Il veut surtout ménager sa mère dont il sait qu'elle ne pourrait supporter d'affronter la réalité. « Comment une mère pourrait-elle croire que son propre fils est un cannibale ? », me demandera un jour Sagawa, ajoutant qu'il a souvent essayé de dire la vérité à ses parents. « En fait, ils n'ont jamais voulu me croire et j'ai fini par abandonner toute idée de leur expliquer. D'ailleurs, si je leur disais trop clairement : “C’est vrai, je l’ai mangée”, il ne leur resterait plus qu’à mourir. C’est comme ça au Japon. La société japonaise est très sévère avec ce genre de cas. »

Devant les dénégations pourtant assez molles d’Issei, Akira Sagawa en vient à soupçonner la police française d’avoir extorqué par la force les aveux de son fils. Il croit même en deviner la raison : « La vérité, c’est qu’on voulait lui faire aussi endosser l’assassinat de Carole Simon, cette autre étudiante dont le corps avait été découvert à la fac de médecine à Noël 80. La police m’a moi-même longuement interrogé, me demandant avec insistance où était mon fils en décembre. J’ai répondu : “Au Japon où il finissait sa maîtrise” ; malgré mes déclarations, ils ont insisté jusqu’à ce que je leur mette la preuve sous le nez : “Vous avez le passeport de mon fils. Il suffit de vérifier les dates de ses visas...” Quand j’ai vu qu’ils n’étaient toujours pas convaincus, je me suis fâché et ils ont fini par me croire... »

À certains moments, pourtant, Akira Sagawa semble sur le point d’admettre la vérité mais il se persuade alors qu’Issei n’a pu commettre un tel acte qu’après avoir reçu un choc. « Quelques jours avant le crime, révèle-t-il au juge, mon fils se trouvait dans un taxi qui a été percuté par-derrière. Il a été gravement commotionné... »

Une explication qui ne convaincra évidemment pas la justice mais qui aide Akira Sagawa à se faire à l'idée de la culpabilité de son fils. Il ne cherchera plus, désormais, à démontrer son innocence et, à l'occasion d'une visite à la Santé, apportera même à Issei *Crime et châtiment* de Dostoïevski.

Sagawa père procède ensuite à son propre examen de conscience, reconnaissant qu'il a sans doute eu tort d'avoir surprotégé Issei. « Mais, ajoute-t-il, si nous ne l'avions pas fait, Issei n'aurait jamais survécu : non seulement sa naissance a été très difficile mais il a subi une grave maladie des intestins à l'âge d'un an. Il n'est pas impossible, révèle-t-il, qu'il ait aussi contracté l'encéphalite japonaise dont les conséquences au niveau cérébral sont reconnues. Et puis nous avions déjà perdu un enfant, nous ne pouvions nous résoudre à en perdre un deuxième... »

Interrogé par le juge Bruguière, Akira Sagawa ne fait pas mystère de « l'antécédent » de 1972 et raconte au contraire dans le détail l'affaire de l'Allemande en précisant qu'Issei était, depuis cette époque, suivi par un psychiatre.

Il n'en faut pas davantage au juge pour lancer une commission rogatoire internationale afin de vérifier et de compléter ces déclarations qui pourraient étayer la thèse d'une maladie mentale d'origine ancienne. Il partira lui-même enquêter au Japon, accompagné de l'inspecteur Roger Robillard et du commissaire Olivier Foll. Interviewé par la presse japonaise au cours de son voyage, ce dernier se déclare convaincu que Sagawa bénéficiera de l'article 64 du Code pénal et sera, à terme, renvoyé au Japon.

Parallèlement, les trois psychiatres désignés par le juge Bruguière commencent leurs investigations. Celles-ci dureront un an, chacun d'entre eux passant plusieurs centaines d'heures avec le meurtrier.

Le rapport qu'ils remettent au juge Bruguière le 2 octobre 1982 est un document d'une trentaine de pages qui, après avoir rappelé les faits, analyse minutieusement le passé de Sagawa ainsi que ses déclarations souvent contradictoires. Le point sur lequel Sagawa change le plus souvent est celui de la préméditation. Suivant la personne qui l'interroge et le moment de la journée, il affirme tantôt avoir tué Renée par accident, tantôt en pleine connaissance de cause mais parce qu'il était en colère ; ou enfin, il admet avoir prémédité de l'abattre dans l'unique but de la manger.

Le rapport des experts reproduit les deux types de déclaration :

« Je ne voulais pas tuer Renée. Si le coup est parti, c'est purement accidentel – je l'ai menacée, c'est certain, mais c'était simplement pour qu'elle reste... C'est plutôt inconsciemment, car j'étais furieux, que j'ai mis le doigt sur la détente... J'étais surtout fou de colère parce que je l'aimais et qu'elle se moquait de moi... Quand je l'ai vue morte, je n'ai pensé qu'à une chose : la faire disparaître – ce n'est que quand j'ai commencé à découper le corps que l'envie de la manger m'a pris... Machinalement, j'ai porté un morceau à ma bouche – j'en ai mangé cru... J'en ai fait cuire dans la poêle... J'ai dû manger huit morceaux avec de la moutarde, du sel et du poivre. Je n'ai pas tué Renée pour la manger, jure-t-il, mais c'est en la coupant pour la faire disparaître que l'envie m'est venue. »

Sagawa se présente alors comme un malade, précisant qu'il n'a jamais osé parler à ses parents ni aux médecins de son obsession car il avait trop honte.

À nouveau interrogé par le juge Bruguière le 28 avril 1982, Sagawa modifiera sensiblement ses premières déclarations. Cette seconde version figure, elle aussi, dans le rapport des psychiatres : la carabine? Il l'a achetée en septembre 1978 dans l'unique but de tuer une prostituée qu'il désirait manger. Il avait envisagé de l'abattre alors qu'elle était installée sur le bidet mais y avait finalement renoncé.

Alors qu'il était au Japon, il avait à nouveau éprouvé le désir de tuer et de dépecer cette prostituée et, aussitôt revenu à Paris, avait fait l'acquisition de couteaux, de sacs et d'une scie électrique, avait récupéré son arme et avait rassemblé tous ces ustensiles dans une chambre d'hôtel où il avait fait venir la jeune femme. Il l'avait visée à la tête alors qu'elle s'était assoupie mais n'avait pas eu le courage de tirer et avait eu avec elle une relation sexuelle normale.

Par la suite, il avait plusieurs fois essayé de la tuer alors qu'elle se servait du bidet mais n'avait jamais réussi.

Concernant Renée, il modifie également son récit : lorsqu'elle est venue chez lui, le 1er juin, il pensait lui proposer de l'épouser mais, se remémorant ses échecs précédents avec les femmes, il s'est persuadé qu'elle refuserait et a alors décidé de la tuer.

Le récit qu'il fait au juge mentionne le coup qui ne part pas, l'épisode du gaz paralysant et, pour finir, le coup de feu fatal.

Il confirme : « Dévorer, j'imaginais toujours. Un jour, j'ai décidé de manger Renée et c'est uniquement dans cette intention que je l'ai tuée. »

Mais dans une lettre adressée au juge le 5 mai 1982, Sagawa se rétracte une nouvelle fois, affirmant qu'il se trouvait, lors de l'interrogatoire, dans un état fébrile : « J'ai inventé beaucoup de choses. Je confonds parfois le réel avec l'imaginaire, surtout quand je suis malade. »

Chapitre 11

Dément ou pervers sexuel?

Sagawa a été examiné à de multiples reprises par chacun des trois experts psychiatres français entre juin 1981 et juin 1982. Selon eux, il s'est prêté aux examens avec bonne volonté et avec une grande courtoisie, voire une certaine complaisance, témoignant d'une connaissance satisfaisante de la langue française.

L'examen des chromosomes ne fait état d'aucune aberration ni anomalie bien que son chromosome Y soit sensiblement plus grand que la moyenne normalement rencontrée en Europe. En fait, cet aspect a été fréquemment signalé chez les sujets de race mongole et il est impossible d'en tirer une conclusion sur le plan pathologique. De même, les médecins ne mettent en évidence aucune affection génétique qui pourrait, même indirectement, expliquer la « folie » de Sagawa.

L'électroencéphalogramme pratiqué sur l'inculpé le 14 décembre 1981 présente, en revanche, un tracé comportant des anomalies qui, selon les experts, peuvent être rattachées à des troubles du comportement. Ces anomalies, précise le rapport, sont fréquemment rencontrées chez les enfants et les adolescents qui souffrent de ce genre de troubles mais leur persistance, chez l'adulte, est extrêmement rare et pourrait provenir d'une « atteinte encéphalopathique ancienne », la fameuse encéphalite japonaise.

Les analyses pratiquées sur Sagawa montrent clairement qu'il n'est ni alcoolique ni drogué.

En discutant avec le prévenu, les médecins constatent qu'il possède un niveau intellectuel plutôt élevé avec un esprit habituellement vif et alerte. Ils notent, chez Sagawa, un contact facile ainsi qu'un vocabulaire en français bien diversifié, des acquisitions riches et des intérêts centrés sur les valeurs familiales, les relations amicales, la littérature, le cinéma, la peinture (comme son grand-père paternel, Sagawa peint des paysages et des portraits), la nature, dans la perspective d'une existence bien investie.

Le rapport poursuit : « L'autocritique, le jugement, les processus de prévision, d'imagination, d'analyse et de synthèse du réel sont bien différenciés mais actuellement, leur exercice porte la marque des anomalies profondes de la personnalité dans la sphère affective. »

Sagawa s'analyse comme un sujet anxieux, à la fois inhibé et plus impulsif que la majorité de ses compatriotes, ayant été profondément affecté, à partir de l'adolescence, par sa chétivité à laquelle il attribue ses déboires sentimentaux. Il présente les mêmes « traits névrotiques obsessionnels » que ceux observés au cours de l'adolescence : ordre, minutie, méticulosité, tendance aux vérifications, « détaillisme », obstination, application, possessivité[1].

Les médecins notent chez lui une extrême sensitivité avec moralisme (voire psychorigidité) et idéalisme formels mais aussi des tendances passionnées accompagnées d'une certaine idéalisation de l'image féminine. Sujet anxieux, Sagawa est en proie à des ruminations obsédantes sur la mort et le suicide : à plusieurs reprises (et notamment la veille du crime) il aurait envisagé de se donner la mort qu'il considérait comme un soulagement.

Les psychiatres relèvent bien évidemment l'étonnante distanciation de Sagawa par rapport

---

1. Ces traits analysés ici comme névrotiques sont en fait assez courants au Japon où ils ne sont pas considérés comme anormaux. Cette différence d'appréciation pourrait expliquer, en partie, pourquoi les psychiatres japonais n'aboutiront pas aux mêmes conclusions que leurs collègues français quant à la démence de Sagawa.

aux événements tragiques qu'il relate et sa froideur affective quand il évoque son crime. Une froideur qui ne peut, selon eux, que se situer dans le droit-fil de la structure obsessionnelle.

Sagawa, notent les médecins, a décrit des épisodes de subversion du réel par l'imaginaire, d'infiltrations de l'objectif par le subjectif sans qu'il s'agisse de véritables expériences délirantes ou dissociatives. Il ne prétend pas être possédé par le démon ni être le jouet d'une influence extérieure comme c'est souvent le cas chez les paranoïaques.

Si Sagawa se laisse à l'évidence fasciner par l'imaginaire et apprécie la littérature fantastique, cela ne constitue pas, pour autant, selon les experts qui l'examinent, une « psychose délirante systématisée, à thèmes persécutifs ou passionnels, ni une psychose dissociative schizophrénique ».

En clair, Sagawa ne relève ni de la paranoïa ni de la schizophrénie qui sont les deux grandes catégories de psychose. Tout juste peut-on observer chez lui une « labilité émotionnelle (changements de l'humeur), avec susceptibilité et impulsivité » mais celle-ci est habituellement bien contrôlée.

Au regard des médecins qui l'observent, Sagawa est parfois d'humeur morose, habituellement neutre ou sereine, et occasionnellement enjouée sinon franchement joviale, selon les entretiens.

Si l'enfance de Sagawa a été marquée par de graves désordres de la personnalité, ceux-ci semblent s'être progressivement réduits jusqu'à lui permettre de poursuivre des études supérieures satisfaisantes et d'assumer l'acclimatation à l'étranger. Mais pour les trois psychiatres, la stabilité psychique de Sagawa n'est qu'apparence car elle reste sous-tendue par des troubles sévères de l'affectivité et par l'exacerbation d'une perversion sexuelle qui relève de l'obsession.

Tout au long de ses entretiens avec eux, Sagawa a exposé ses sentiments et ses conduites avec une précision, une minutie, qui, là encore, relèvent, pour les médecins, d'une structure obsessionnelle de la personnalité. Les psychiatres ne se contentent pas d'évoquer l'extraordinaire égocentrisme de Sagawa. Ils parlent de « sérénité enjouée, voire de cynisme dépourvu de la moindre angoisse, parfois assorti d'une véritable jouissance béate » qui sont à rapporter à des perturbations profondes de l'affectivité.

Les experts ne manquent pas de remarquer que Sagawa ne parle jamais de désir purement sexuel mais exprime toujours celui-ci sur le mode de l'oralité cannibalique :

« La première fois que j'ai vu Renée, j'avais envie de la manger – ses bras étaient nus –

quand elle bougeait, j'en avais envie – je voulais la mordre...

Je l'aimais, plutôt le désir – dans mon cas, la dévoration et l'amour, c'est pareil...

Elle est très jolie, sportive. J'ai le désir de dévoration...

À côté d'elle, j'étais toujours excité avec ma pulsion cannibale...

C'est toujours dans ma tête mais c'est difficile à réaliser. C'est plus que le désir – une sorte d'obligation, une contrainte – pas que je voulais mais que je devais faire. Si je ne le fais pas, je regrette...

C'est aussi un désir – surtout elle, très grande, très sportive, appétissante. »

Le rapport note ensuite scrupuleusement chaque fait et geste de Sagawa, les médecins cherchant à déterminer au plus près son état d'esprit au moment où il se livrait au viol et au découpage du cadavre ainsi qu'à la consommation de la chair de Renée.

Sagawa ne cherche nullement à dissimuler qu'il a pris le plus vif plaisir à déguster des fragments qu'il a prélevés en divers endroits du corps (nez, lèvre, bras, épaule, cuisse, fesse, organes génitaux, anus), tout en écoutant à plusieurs reprises l'enregistrement de la voix et des derniers moments de la victime.

Il raconte qu'il a également envisagé de manger un œil mais n'y est pas parvenu et il ne tarit pas de détails pour évoquer les qualités culinaires et gastronomiques comparées des divers morceaux qu'il se réjouit d'avoir pu apprécier.

Le mot « distanciation » est par trop faible pour qualifier le ton et les termes qu'il emploie lorsqu'il relate, par exemple, l'épisode des valises au Bois de Boulogne : « C'était agréable – il y avait ce cadavre – une situation originale – c'était assez intéressant. »

Sagawa ne peut cacher une certaine jubilation lorsqu'il évoque son festin cannibale : « Ça devient plus tendre, de plus en plus bon – au début, tendre et bon, mais pas de goût, et je ne sais pas cuisiner – mais après, c'est vraiment très bon – j'en mange beaucoup ce midi. »

Sagawa confesse que son désir de dévorer une femme est très précis et concerne exclusivement les Européennes blondes aux chairs épanouies : « Pour moi, les jeunes filles japonaises sont trop proches. J'ai une amie maigre, fragile – je n'ai aucune envie de manger dans ce cas-là. »

Alors qu'il se contentait, avec les prostituées qu'il fréquentait, d'ébaucher des conduites orales mineures, de l'ordre du mordillement, Sagawa convient, en manifestant une béatitude émue, avoir enfin satisfait, ce 11 juin 1981, son désir cannibalique.

S'il écarte l'éventualité de commettre un nouvel homicide (« tuer, ça suffit ») et consent à déplorer la mort de Renée (« j'ai beaucoup de regrets, elle était très gentille »), Sagawa ne dissimule pas, tant s'en faut, l'exceptionnelle jouissance que la dévoration lui a procurée et qu'il réactualise d'évidence lorsqu'il se complaît à évoquer les passages à l'acte ayant abouti à l'incorporation de son objet d'amour : « J'ai eu envie de goûter son corps, sa viande – le fantasme est très fort, ce n'est pas intellectuel. »

Mais, très vite, il semble oublier qu'il a assassiné Renée et commente ses actes comme s'il s'était trouvé par hasard en présence d'un cadavre : « Une fois que le corps va devenir pourri, si les insectes le mangent, je peux le manger – un insecte ne sent pas le plaisir, moi je le sens – pour elle, c'est mieux – j'étais son ami, elle revit pour me donner du plaisir... J'éprouve son existence dans mon corps – c'est un grand plaisir. »

Interrogé sur ses motivations de photographier le cadavre plus ou moins morcelé de Mlle Hartevelt et ses préparations culinaires macabres, Sagawa déclare sur un mode enjoué : « J'ai voulu conserver l'image de ce paroxysme de fantasme. Les photos, c'est assez terrible mais très réussi – je suis maladroit en photo, ça m'a surpris. »

Sagawa se reconnaît, certes, une fascination nécrophile, mais il conteste présenter d'autres pulsions perverses, notamment de l'ordre du sadisme, et il assure n'avoir éprouvé aucun plaisir à tuer puis à morceler sa victime, attribuant ces conduites à une nécessité pragmatique. De même, il ne se reconnaît aucune disposition au vampirisme ni le goût de boire du sang.

S'il veut bien admettre que, en procédant d'impulsions, ses passages à l'acte cannibaliques sont intervenus dans un contexte pathologique, qu'il méconnaît d'ailleurs très largement (comme en témoigne sa manière de rapporter les faits), Sagawa n'exprime aucun remords à cet égard et, sur le mode d'une banalisation foncièrement pathologique, ne se lasse pas de revenir sur le plaisir qu'il y a éprouvé et dont l'évocation annule toute autre considération : « Aucun remords – plutôt la folie – une forte tentation de manger – je ne pouvais pas penser – je crois que je n'étais pas normal. » « Bien sûr, ce n'est pas normal, mais il y a longtemps que ça m'obsède. »

Compte tenu des déclarations de Sagawa et en s'appuyant sur son dossier médical fourni par les médecins japonais, les trois experts désignés par le juge Bruguière élaborent une analyse dont voici les conclusions :

« Il convient de situer la perversion présentée par Sagawa sur un mode précoce et constant, en s'assortissant de troubles majeurs de l'affectivité et des inhibitions, dans un cadre nosographique défini.

« Les conduites cannibaliques se sont articulées selon de multiples séquences étalées sur plusieurs jours et ont été entrecoupées d'activités banales et parfois publiques, excluant qu'elles soient intervenues dans le cadre d'un état de dissolution profonde et durable de la conscience, même si elles se sont assorties de manifestations émotionnelles, en rapport avec le plaisir sexuel intense que Sagawa déclare avoir éprouvé, ce dont on ne doutera pas en observant son état de surexcitation psychosexuelle lorsqu'il évoque les faits sans la moindre retenue.

« Par ailleurs, l'inculpé a formellement exclu avoir fait des excès toxiques quels qu'ils soient, avant et après l'homicide. »

Au cours des entretiens qu'ils auront avec Sagawa, les psychiatres ne détectent aucune « psychose délirante systématisée ». Ils ne croient pas davantage qu'il puisse s'agir d'une « psychose passionnelle ».

L'électroencéphalogramme et l'examen scanographique qui présentent l'un et l'autre des anomalies, les poussent, en revanche, à situer la perversion « dans le cadre d'un processus organique encéphalique ».

Les avatars médicaux sévères observés au cours de la grossesse et lors de l'accouchement sont susceptibles de rendre compte des troubles du développement et des anomalies graves du caractère et de la personnalité qui se sont abondamment manifestés tout au long de l'enfance et de l'adolescence.

On ne peut pas exclure, comme le Dr Anpo s'en est convaincu, que l'origine de ces troubles se situe au moment de la naissance, durant les vingt minutes au cours desquelles le cerveau n'a pas été oxygéné. La perversion de Sagawa découlerait dans ce cas de l'anoxie constatée par le médecin accoucheur.

Ce n'est pourtant pas l'hypothèse que retiendront les experts, privilégiant plutôt la piste d'une encéphalite japonaise car, « en raison de son retard de développement somato-psychique, Sagawa se trouvait particulièrement vulnérable à l'égard de toute infection ».

La maladie se caractérise généralement par de la fièvre et des céphalées, puis par des nausées et des vomissements, et enfin par des manifestations délirantes. Une étude publiée sur cette maladie en 1963 indique que l'on observe, chez les tout petits enfants, des douleurs abdominales et de la diarrhée. Les séquelles neuropsychiques sont ainsi décrites : « anomalie de l'impulsion et anomalie de la volonté... changement de personnalité.. attitudes violentes, impudentes, égocentriques... manque de contrôle... conduites antisociales... manque d'inhibition... excitation impulsive... »

En se fondant sur l'existence d'une atrophie frontale, qui s'assortit habituellement de troubles de l'affectivité, de troubles sévères de la personnalité et, notamment, d'une grande perversion froide, primaire, impulsive, les psychiatres concluent que Sagawa a très vraisemblablement présenté une encéphalite japonaise vers un an et que sa perversion cannibalique en découle directement.

« La version accidentelle de la conduite homicide, qui a d'abord été proposée par Sagawa, se sera révélée peu crédible et ne peut guère être retenue.

« Il y a tout lieu de penser que le passage à l'acte meurtrier a exclusivement constitué, dans le contexte pathologique défini ci-dessus et selon l'inculpé lui-même, le préalable nécessaire, immédiat et indissociable à la réalisation impulsive de la perversion cannibalique qui, durant cinq jours et jusqu'à l'interpellation, s'est assortie de multiples conduites gravement pathologiques, à l'égard desquelles Sagawa a témoigné à la fois d'un défaut de critique et d'une complaisance extrême, ayant témoigné d'une profonde et persistante aliénation de la personnalité : relations sexuelles nécrophiles, prélèvement de parties différenciées du cadavre, dévoration, cuisson, rituel de table, conservation, prise de photographies, audition de l'enregistrement, etc., et, dans un autre domaine, transport sans précaution des valises, notamment au Bois de Boulogne un samedi après-midi de juin.

« Les commentaires de Sagawa au sujet de son vécu subjectif dans le cadre duquel il assimile péremptoirement et sans critique sexualité et cannibalisme, et plus encore au sujet de ses passages à l'acte qu'il banalise avec une inaffectivité grandiose, l'évocation réjouie du plaisir qu'il y a pris, les appréciations gustatives spécifiques qu'il livre parfois en riant au sujet des différentes parties du cadavre dont aucune n'a été soustraite à l'expérience menée avec un réalisme profondément morbide, la persistance évidente et irréductible de son désir cannibalique qu'il ne consent à critiquer que du bout des lèvres se seront situés dans cette perspective psychopathologique.

« Il y a tout lieu de penser que la conduite homicide est intervenue sans autre motivation que celle de satisfaire la pulsion cannibalique dans ce contexte pathologique organisé autour du noyau pervers ayant subverti la personnalité, et a procédé d'une impulsion aliénante, ayant constitué un état de démence, au sens de l'article 64 du Code pénal, de telle sorte que la responsabilité pénale de Sagawa ne peut être retenue.

« En toute hypothèse, le passage à l'acte homicide aura été le fait d'un sujet ayant abondamment manifesté des anomalies mentales de dimension psychiatrique aliénante. »

Conclusion du rapport : Sagawa se trouvait bien en état de démence au moment de l'homicide qui est intervenu dans le cadre d'une « pulsion archaïque irrésistible ». En vertu de l'article 64 du Code pénal, Sagawa est donc, selon les experts, « inaccessible à une sanction pénale » et doit être interné d'office dans un établissement psychiatrique réservé aux malades dangereux.

Les psychiatres ont donc considéré qu'étant l'objet d'un fantasme plus fort que sa volonté, Sagawa n'était pas maître de ses actes au moment du crime et ne peut donc être tenu pour responsable. Se fondant sur le dossier médical du malade, ils situent l'origine de sa maladie dans son enfance et admettent (sans en avoir la preuve formelle) qu'il ait pu contracter l'encéphalite japonaise dont les conséquences au niveau psychique sont reconnues.

« Compte tenu de la persistance des anomalies majeures de sa personnalité, écrivent les médecins, Sagawa doit être admis dans un service de psychiatrie régi par la loi du 30 juin 1938 et destiné aux malades mentaux dangereux, car on ne doit pas méconnaître sa dangerosité ni les risques importants de récidive des conduites perverses, éventuellement assorties de violences graves. Les modalités de la prise en soin et d'un éventuel rapatriement ultérieur seront de la compétence du médecin traitant. »

Autrement dit, toute décision concernant

Sagawa reviendra désormais au médecin qui sera le seul habilité à juger de la nécessité ou non de le maintenir enfermé ou de le renvoyer chez lui.

Chapitre 12

Peut-on guérir du cannibalisme?

Suivant l'avis des trois experts, le juge Bruguière prononce, le 30 mars 1983, une ordonnance de non-lieu. Concrètement, cela signifie la fin de toute poursuite judiciaire à l'encontre de Sagawa puisqu'il n'y a « ni crime ni délit »...

Le juge signe donc la levée de dépôt qui, en théorie, rend à Sagawa sa liberté. En théorie seulement car, en réalité, et compte tenu de la recommandation des psychiatres, Sagawa doit, en toute logique, être confié à un établissement psychiatrique.

En effet, le jour même de la levée d'écrou, le préfet de police de Paris (c'est de lui que dépend désormais Sagawa) signe une ordonnance de placement d'office à l'hôpital Henri-Collin de Villejuif, dans une unité réservée aux malades dangereux.

Le non-lieu révolte bien évidemment les

parents et la famille de Renée qui, par l'intermédiaire de leur avocat, Maître Weil, tentent tout ce qui est en leur pouvoir pour annuler le non-lieu et réclamer une contre-expertise. Ils sont persuadés – et l'avenir leur donnera raison – que, s'il échappe à la justice, Sagawa finira par retrouver la liberté. Ils sont également certains qu'il commettra de nouveaux meurtres. Le juge Bruguière lui-même rapporte le cas d'un meurtrier qui, après avoir découpé un homme en morceaux, a mis le feu à son appartement tuant du même coup quatre personnes. Considéré comme schizophrène, l'assassin n'a finalement passé que trois semaines à l'hôpital avant de retrouver la liberté. Son casier judiciaire est toujours vierge...

Le demi-frère de Renée, l'officier de marine Benjamin Groenendijk, dont le père a trouvé la mort durant la Seconde Guerre mondiale dans la lutte contre les Japonais, essaie d'alerter la presse sur ce qu'il considère comme une profonde injustice : « Nous sommes convaincus que la justice française a subi de fortes pressions japonaises pour libérer Sagawa. Les autorités parisiennes ne veulent pas le faire comparaître devant le juge sous prétexte qu'il est irresponsable. Nous avons cependant les preuves qu'Issei Sagawa n'est pas fou du tout et qu'il a soigneusement préparé son horrible crime. En outre, il ressort de l'enquête policière qu'il avait déjà essayé à deux reprises de tuer Renée. Et c'est cet homme que la justice française veut relâcher afin qu'il puisse faire une nouvelle victime ! Ceci est inadmissible.

« Selon nous, continue Benjamin Groenendijk, les autorités françaises veulent se débarrasser de lui pour ne pas risquer une querelle politique avec le Japon. Elles veulent nous faire croire qu'il a contracté une maladie du cerveau lorsqu'il avait onze mois mais, dans le dossier, on ne trouve aucune trace de cette maladie. »

Par deux fois, M. et Mme Hartevelt tentent de faire annuler la décision du juge et par deux fois, le 11 juillet 1983 devant la chambre d'accusation et le 13 mars 1984 devant la Cour de cassation, leur demande est rejetée. Pire, ils sont condamnés aux dépens et se voient réclamer les frais de justice ! Cette décision sera heureusement annulée et c'est l'État français qui prendra finalement à sa charge les quelque 20 000 F du procès.

Pour le juge Bruguière que nous avons interrogé au mois de décembre 2000, il n'y avait aucune raison d'accéder à la demande de contre-expertise formulée par la famille dans la mesure où « aucun élément nouveau » n'était intervenu pouvant mettre en cause le diagnostic des trois experts. Le demi-frère de Renée réagit immédiatement : « Nous voyons dans tout cela une manipulation du droit alors qu'un individu qui est une menace pour la vie d'autrui risque de se retrouver en liberté. Sagawa lui-même a déclaré qu'il ne garantissait pas qu'il ne tuerait pas à nouveau ! Je suis convaincu qu'il recommencera. »

M. Hartevelt, qui n'a jamais été personnellement reçu par le juge, se dit, quant à lui, profondément écœuré de la tournure que prennent les événements :

« J'ai l'impression qu'on a voulu, dès le premier jour, faire en sorte que cette affaire soit rapidement classée. Peut-être est-ce parce que ma fille et son assassin étaient tous les deux des étrangers habitant temporairement en France... À moins que la France ait voulu rendre service au gouvernement japonais ou voulu ménager certains intérêts économiques... »

S'il a demandé une contre-expertise, c'est, dit-il, parce que rien dans les conclusions du dossier n'a su le convaincre vraiment. « On a voulu faire du meurtrier de ma fille un dément et un total irresponsable affirmant, par exemple, que ce jeune homme chétif avait été cérébralement traumatisé le jour de sa naissance par un accouchement extrêmement difficile. Or le médecin qui a mis Sagawa au monde, s'il se souvient, effectivement, d'un accouchement délicat, exclut qu'il ait pu en garder des séquelles.

« Idem pour l'encéphalite dont le médecin de famille déclare ne pas être informé. Trois médecins japonais qui ont, à un moment ou à un autre, soigné Sagawa, ont aussi déclaré qu'aucune trace d'encéphalite n'avait pu être décelée chez lui. Ses parents eux-mêmes n'ont jamais fait état de cette maladie, parlant juste aux médecins de perturbations d'ordre nerveux. »

Pour M. Hartevelt, « il y a trop de zones d'ombre dans ce dossier, un dossier où apparaît, à chaque instant, en filigrane, une volonté affirmée de faire d'un homme, assurément sujet à des troubles mentaux, un aliéné et un irresponsable ».

M. Hartevelt n'est pas seul à penser que Sagawa n'aurait pas dû bénéficier de l'article 64. Le Dr Henri Giraud, neuropsychiatre à Marseille, et expert près la Cour de cassation, ne comprend pas, lui non plus, que le juge refuse la contre-expertise (qu'il s'offre de mener lui-même). Pour lui, Sagawa est tout simplement un « grand pervers sexuel » entièrement responsable de ses actes. « Il avait parfaitement prémédité son crime puisqu'il avait préalablement acheté un fusil et qu'il a lui-même convenu avoir tué sa victime pour la manger. On ne peut donc absolument pas dire qu'il était en état de démence au moment de l'action. De plus, s'inquiète le Dr Giraud, il existe une disposition selon laquelle les malades étrangers ne peuvent être internés en France plus d'un an. Une fois libéré, il récidivera car les grands pervers récidivent toujours, les traitements appliqués à ces malades étant très aléatoires. »

Sagawa restera interné à Henri-Collin pendant un an et deux mois ce qui constitue déjà une durée exceptionnellement longue. D'autant qu'il n'y reçoit pour ainsi dire aucun traitement : « Au début, ils m'ont donné des cachets mais ils étaient tellement forts que j'ai dormi tout le temps. Le plus dur, pour moi, ça a été sur le plan des relations humaines. Pas avec les malades mais avec les infirmiers. Certains infirmiers étaient très gentils avec moi mais d'autres, non. Une fois, par exemple, un infirmier s'est trompé de médicament : au lieu de me donner des cachets pour la grippe, il m'a donné des médicaments très forts. Si forts même, que je suis tombé par terre. Au lieu de reconnaître son erreur, il n'était pas content après moi. De temps en temps, il me donnait des médicaments pour dormir mais je ne les prenais pas car sinon, je n'aurais pas pu lire et écrire et j'aurais été très malheureux. »

À l'hôpital, où médecins et infirmiers ont pourtant l'habitude de croiser toutes sortes de cas graves, Sagawa est considéré comme une exception : « Je pense que cela tenait, bien sûr, d'abord au fait que j'étais étranger. Et puis mon affaire était tout de même assez extraordinaire. Au fond, ce qui les étonnait le plus, c'était plutôt mon attitude : visiblement je ne collais pas avec l'image qu'ils se faisaient d'un meurtrier cannibale. »

En fait, Issei étonne, voire séduit, par sa gentillesse et par son apparente naïveté. Chacun veut l'aider : « J'ai longuement parlé avec une psychiatre française qui essayait sincèrement de comprendre mais malheureusement j'ai cessé de la voir quand je suis revenu au Japon. C'était une jeune fille... Elle était très gentille avec moi. Elle n'était pas mon médecin mais c'est avec elle que je préférais parler. Elle aussi me parlait, d'ailleurs.

J'ai pu la voir une ou deux fois par semaine pendant mon séjour à Henri-Collin et ce sont, pour moi, les meilleurs moments que j'ai passés dans cet hôpital. Je pouvais lui parler de n'importe quoi et en particulier de mon enfance. Tout en parlant, je découvrais moi-même des choses que j'avais totalement oubliées... Elle aussi a regretté que je parte au Japon. Elle aurait voulu continuer à parler avec moi.

De mon côté, je suis sûr que si j'avais pu continuer avec elle, j'aurais fini par découvrir les raisons pour lesquelles j'ai tué Renée. En tout cas, grâce à elle, j'ai pu rétablir une relation normale avec les femmes. »

Les infirmiers, eux aussi, prennent Sagawa sous leur protection. L'un d'entre eux va même jusqu'à lui promettre de lui procurer ce fameux numéro de la revue *Photo* dans lequel sont parus, sous cahier fermé, des clichés pris au moment de la perquisition chez Sagawa puis à l'institut médico-légal pendant l'autopsie : quatorze images insoutenables où l'on voit des morceaux de chair posés sur des assiettes en carton et, sur deux doubles pages, le cadavre atrocement mutilé de Renée.

La publication de ces images, probablement vendues par un policier sans scrupules, est un nouveau coup dur pour la famille Hartevelt qui demande le retrait immédiat du magazine et obtient, cette fois, gain de cause : le magazine est retiré des kiosques et quand l'infirmier finit par dénicher un exemplaire, le cahier fermé a déjà été interdit. L'affaire sera d'ailleurs l'occasion d'un de ces débats récurrents sur les limites de la liberté de la presse quand Jean Durieux, rédacteur en chef adjoint de *Paris Match* et responsable de la publication de ces images, sera incarcéré au motif qu'il refusait de dévoiler ses sources. Il passera un peu plus d'une semaine derrière les barreaux mais ne donnera pas le nom de son contact à la PJ. L'éditeur du titre, qui a lui-même ordonné le retrait du magazine des kiosques, est condamné à verser 200 000 florins (environ 600 000 F) à la famille Hartevelt au titre de dommages et intérêts.

Malgré l'interdiction quasi immédiate du magazine, quelques milliers d'exemplaires ont été vendus et Sagawa est prêt à tout pour s'en procurer un.

L'affaire *Photo* n'est pas encore retombée que les parents de Renée reçoivent un nouveau choc : on évoque à présent l'expulsion prochaine de Sagawa vers le Japon au prétexte qu'il sera mieux soigné dans son pays qu'en France.

Deux ans plus tôt, en 1979, deux ressortissants sénégalais qui avaient égorgé et partiellement dévoré une femme et ses deux enfants avaient, eux aussi, bénéficié d'une ordonnance de non-lieu et été expulsés vers Dakar.

Sagawa trouvera un soutien pour le moins inattendu : le personnel CGT de l'hôpital qui, profitant de la célébrité de Sagawa, se mobilise pour faire admettre l'idée que l'hôpital n'est pas la prison, sa vocation étant de guérir, non de punir.

Les craintes de M. Hartevelt, comme celles du Dr Giraud quant à une possible libération, se révèlent donc parfaitement fondées : à la suite de tractations menées par la famille Sagawa avec le préfet de police de Paris, Guy Fougier, celui-ci lève l'arrêt d'internement et ordonne l'expulsion de Sagawa vers le Japon. Les responsables de l'hôpital Henri-Collin, qui se seraient mis en rapport avec un établissement psychiatrique japonais, auraient apparemment obtenu l'assurance que le meurtrier de Renée serait interné aussitôt rentré au Japon.

La famille Hartevelt, qui aurait pu faire appel de la décision du juge (celle de ne pas accorder la contre-expertise) et porter l'affaire devant la Cour européenne de justice, décide, en accord avec son avocat, Maître Weil, de se retirer. « Nous n'entrevoyons aucun espoir pour continuer la procédure, déclare Benjamin Groenendijk pour qui la France "se moque éperdument du droit". Notre avocat s'est continuellement vu privé des informations auxquelles il aurait dû avoir accès selon la loi. »

Les Hartevelt ont fini par céder devant la « puissance » de la famille Sagawa qui, selon eux, aurait même proposé d'acheter leur silence.

Le préfet tout comme la direction de l'hôpital apprécient la situation d'un point de vue plus pragmatique estimant que les chances de guérison de Sagawa seront meilleures s'il est soigné dans un environnement culturel familier. Par ailleurs et ainsi que le souligne – un peu cyniquement sans doute – son avocat, la France n'a aucune raison de supporter les frais de son hospitalisation. Interrogé lors d'une émission spéciale sur le cannibale, Maître Lemaire se dit persuadé que, même s'il n'avait pas bénéficié de l'article 64, Sagawa se serait vu appliquer une « responsabilité atténuée » et « avec un bon avocat » (sourire en coin) n'aurait pas effectué plus de cinq ans de prison...

Le crime de cannibalisme n'est d'ailleurs nulle part mentionné dans le Code pénal qui reconnaît seulement « l'atteinte à l'intégrité du cadavre » (article 225-17) punie d'un an d'emprisonnement et de 100 000 F d'amende.

Chapitre 13

Un meurtre littéraire?

En janvier 1983, alors qu'Issei attend encore le verdict des psychiatres, sort au Japon un livre intitulé *Sagawa kun Kara no tegami*, *La Lettre de Sagawa*, sorte de documentaire-fiction rédigé par un homme de théâtre et écrivain célèbre : Juro Kara.

Le livre débute par ces mots : « Pardonnez mon audace de vous écrire ainsi. Je suis celui qui a tué une jeune femme hollandaise, qui a mangé sa chair et qui a été arrêté par la police parisienne... » Sagawa a en effet adressé une lettre à l'écrivain car il a entendu dire que celui-ci préparait un scénario à partir de son « affaire ». Il se dit vivement intéressé par ce projet et demande à participer à l'élaboration du scénario. Il envisage même de jouer son propre rôle. En attendant, il souhaiterait – si M. Kara est d'accord – apporter à l'écrivain son témoignage assurant qu'il ne saurait exister pour lui plus grand plaisir que celui de voir son histoire portée à l'écran.

Dans la foulée, il propose à Kara d'autres « sujets » auxquels il a pensé, tous liés au cannibalisme, comme, par exemple, une histoire inspirée de l'avion accidenté des Andes ou encore, dans un genre humoristique, un film sur un « restaurant de chair humaine où les jeunes femmes qui y pénétreraient par-devant en ressortiraient par-derrière sous forme de bifsteck ».

Profondément troublé par cette lettre, Kara en écrit à son tour plusieurs à Sagawa puis décide de faire le voyage jusqu'à Paris espérant obtenir l'autorisation de lui rendre visite à la Santé. Malheureusement, cette autorisation lui est refusée et il doit se contenter de déambuler dans les rues de la capitale à la recherche de signes qui pourraient nourrir son roman. Il se rend au Bois de Boulogne, à l'endroit où Sagawa a abandonné ses valises ou encore rue Bonaparte, dans l'immeuble de Renée qu'il décrit en détails.

La lettre de Sagawa connaît immédiatement le succès. Un succès largement dû au fait qu'il obtient le prix Akutagawa, l'équivalent japonais du prix Goncourt. Quatre membres du jury ont voté pour, trois contre et il y a eu deux abstentions. « On pense, disent les critiques, à la respiration théâtrale de Tchekhov... » Quant à Kenzaburo Oé, futur prix Nobel de littérature, il affirme que l'originalité de ce récit fera date dans la littérature japonaise.

Aucun critique, cependant, ne relève la nuance contenue dans le titre (japonais) du livre de Juro Kara qui, s'il avait été traduit littéralement, aurait pu donner, en français : « La Lettre du brave petit Sagawa ». *Kun* est en effet un suffixe affectueux que l'on accole généralement aux noms des écoliers. Cela signifie que dans l'esprit de Kara (comme dans celui de tous les journalistes qui, après la sortie du livre, continueront de parler de Sagawa *kun*) Sagawa est un « enfant de la famille Japon » avant d'être un assassin. Or les enfants, au Japon, ont absolument tous les droits car, comme dit le proverbe, « ils ignorent la honte », c'est pourquoi ils sont si heureux.

Kun est également utilisé dans les bureaux par les aînés (les *sempaï*) pour s'adresser aux plus jeunes (*kohai*). Être gratifié d'un *kun* c'est être certain qu'on fait toujours partie du groupe.

Malgré cela, Sagawa est furieux. Furieux parce qu'il pense que la sortie du livre risque d'influencer le verdict du juge et des experts. Et puis il a peur que cela n'attise la haine des parents de Renée contre lui : « Le livre de Kara les a sans doute beaucoup choqués et c'est depuis sa publication qu'ils ont commencé à m'attaquer. »

Sagawa veut absolument se justifier et prépare une nouvelle lettre destinée aux parents de Renée. Suivant les conseils de son avocat, il n'enverra pas cette lettre mais m'en a confié une copie afin de me faire comprendre ce qu'il ressentait à l'époque :

Monsieur, Madame,

Je me permets de vous envoyer des lettres dont j'ai été empêché jusqu'à présent. Si elles vous font mal, je vous demande pardon sincèrement mais pour vous exprimer mes sentiments du regret, éternellement incurable, je suis obligé de vous les adresser. De même, je suis vraiment désolé et profondément tourmenté par le roman publié et couronné du prix littéraire au Japon au mois de janvier. Je ne savais vraiment pas du tout que cet écrivain allait écrire un roman sur mon affaire et qu'il y allait citer mes lettres adressées à lui, tout à fait privées. En outre, il a trop exagéré mes lettres [sic]. *Quatre mois après mon drame, j'ai appris par un de mes amis résidant au Japon que cet écrivain s'intéresse à mon affaire et il a pensé à en faire un film. C'est après avoir appris cette nouvelle que j'ai eu des contacts, par correspondance, avec cet écrivain puisque j'étais tellement inquiet comme il allait interpréter mon affaire pour son film et que cela vous donne un nouveau choc.*

Je ne veux plus jamais vous faire du malheur.

J'ai informé cet écrivain à ce sujet en lui expliquant ma pulsion étrange qui me torturait depuis longtemps et qui a produit un si grand malheur. Et cela afin de le convaincre qu'on ne pourrait jamais le représenter dans un film. En même temps, je lui ai demandé de ne jamais publier mes lettres. Mais, hélas, il a complètement ignoré mon avis et ma décision. J'en suis extrêmement désolé et triste. Je sais bien que c'est très difficile pour vous de le croire mais je souhaite sincèrement que vous me compreniez.

Comme je vous l'ai dit, je n'ai jamais disputé avec Renée et elle était très gentille envers moi et mon souvenir d'elle est seulement son sourire. Je regrette maintenant intensément la suppression de la peine de mort. Moi je peux voir toujours mes parents, mes amis, le ciel bleu, les belles fleurs et écouter la jolie musique tandis qu'elle doit dormir éternellement sous la terre froide. Et c'est moi qui l'a fait. Y a-t-il un moyen de lui demander pardon? Sauf la mort? Je crois que c'est seulement en me couchant également sous la terre que je peux lui demander pardon. Mais je suis en vie et même si je suis dans le malheur, je peux goûter quand même quelques instants de plaisir et de bonheur. Il ne le faut pas. Cela ne m'est pas permis.

Le printemps passé, le premier printemps depuis mon drame, quand j'ai vu les bourgeons pousser des branches fanées, je me suis senti très souffrant. Pourquoi le printemps, la saison de la vie, revient-il? Tant que le ciel bleu ou la brise tendre ne l'atteignent pas elle, cela n'a aucune importance. Ce n'est qu'une illusion vaine, une cérémonie de la vie exaspérante et de feinte.

Je ne veux plus accueillir le printemps. Je ne veux plus le voir. Si ma mort peut vous soulager, même un peu, je vais mourir avec grand plaisir. Dans le message diffusé par RTL à la fin janvier, vous avez dit que si je suis envoyé au Japon, je serai libéré tout de suite et je recommencerai. En fait, vous savez que je serai hospitalisé de nombreuses années, soit au Japon, soit en France. Et si je serais libéré, mon plus grand souhait c'est de me rendre au cimetière où Renée repose et de me donner la mort sur sa tombe. C'est-à-dire, ce que je désire maintenant, c'est obtenir votre pardon et rien d'autre. La chose la plus importante pour moi. À plus forte raison, je ne recommencerai jamais. Si c'est possible, je voudrais consacrer tout le reste de ma vie à Renée, par exemple comme gardien de sa tombe jusqu'à ma mort. Je me permets de vous dire ici, simplement, que maintenant, pour la première fois, je pourrai aimer de tout mon cœur Renée.

En espérant que vous accepterez mes regrets, je vous prie d'agréer, Madame, Monsieur, mes sentiments les plus respectueux.

I.S.

Sagawa a le sentiment d'avoir été trompé par

Juro Kara : « Il ne m'avait jamais dit qu'il avait l'intention de publier un roman, s'énerve-t-il. Ce qu'il voulait faire, c'est un film et c'est pour cela que j'ai accepté d'écrire un bout de scénario mais il a utilisé ce que j'avais écrit pour son roman et il l'a publié. C'est vraiment terrible. Et puis je dois dire que son livre ne me plaît pas du tout. Ce n'est même pas de la littérature ! En tout cas, moi, je n'y ai pas trouvé la moindre qualité littéraire. Ils sont vraiment fous de lui avoir donné le prix Akutagawa pour ça ! D'ailleurs, au Japon, la plupart des gens ont trouvé ce livre dégueulasse[1]... »

En réalité, Sagawa estime que lui seul est vraiment capable d'écrire sur ce qu'il appelle avec une certaine complaisance « mon affaire » et dont il se sent dépossédé. Ne prépare-t-il pas son propre livre, *Kiri no naka* (« Dans le brouillard »), où il raconte avec minutie son aventure ? Le livre sortira en septembre 1983, soit deux ans seulement après le crime, et sera présenté comme « une œuvre sensationnelle, un document sur l'acte suprême qu'un homme peut commettre ». Il connaîtra, lui aussi, un certain succès (200 000 exemplaires vendus en quelques semaines).

---

1. Il s'est tout de même vendu à plus de 300 000 exemplaires.

Mais là encore, Sagawa plaide non coupable, affirmant qu'il a été abusé par l'éditeur :

« C'est vrai que j'ai écrit ce livre mais je ne voulais pas le publier tout de suite. En fait, j'avais surtout écrit sur les conseils de mon psychiatre français qui m'avait suggéré de coucher sur le papier tout ce qui me passait par la tête. Tandis que je me trouvais à l'hôpital Henri-Collin, quelqu'un m'a proposé d'écrire quelque chose sur mon affaire. Comme il avait l'air d'un homme très sincère, je lui ai confié mon manuscrit en pensant que cela pourrait l'aider mais il m'a proposé de le publier et l'a donné à un éditeur. Moi j'étais plutôt contre cette publication parce que j'étais encore à l'hôpital. Mais ils sont passés outre ma volonté et l'ont publié malgré moi. Cela dit, tout ce qui est dans ce livre est vrai. »

Sagawa ne peut, malgré tout, s'empêcher de trouver à son propre livre les qualités qu'il dénie à celui de Kara et, tout en s'affirmant « très en colère » contre l'éditeur, caresse l'idée d'une adaptation à l'écran : « J'avais pensé, tout d'abord, à Nagisa Oshima, l'auteur de *L'Empire des sens* dont on m'avait dit qu'il s'intéressait à mon histoire, mais apparemment, il a abandonné l'idée d'en faire un film. L'image qu'il avait de l'affaire était différente. En fait, je crois qu'il avait imaginé d'adapter le livre de Juro Kara parce que c'était une œuvre imaginaire. Or ce que j'ai écrit, moi, c'est exactement la réalité. Il n'y a plus, pour un artiste, aucune possibilité d'interprétation. Je pense donc que c'est pour ça qu'il a laissé tomber. »

Sagawa n'est pas non plus insensible aux réactions du public japonais à la parution de son livre :

« Bizarrement, elles n'ont pas été négatives. Alors que j'avais l'impression que ce que j'avais écrit était vraiment terrible, personne, apparemment, ne semblait choqué... Il s'est même trouvé des gens – surtout parmi les jeunes – pour dire que c'était très beau et que ce qu'on ressentait surtout, en lisant ce livre, c'est l'amour. Ça m'a étonné.

La réaction de mes parents a été évidemment très différente. Mon père a essayé de le lire mais il a perdu connaissance dès les premières pages. Après, il m'a demandé où j'allais chercher des histoires pareilles... Quant à ma mère, elle n'a même pas voulu l'ouvrir... Je les comprends. Outre le fait que ce sont mes parents, je pense que le livre a été beaucoup moins bien accepté parmi les personnes âgées. »

Le père de Sagawa finira d'ailleurs par faire interdire toute réimpression de l'ouvrage, supprimant du même coup la rente qu'il représentait pour Issei. De son propre aveu, « Dans le brouillard » aura rapporté à son auteur quelque 15 millions de yens, soit environ 750 000 F. Mais plus que l'argent, c'est la reconnaissance littéraire qui réjouit Sagawa :

« Un critique assez célèbre au Japon a écrit un petit essai sur mon roman qui est, selon lui, le roman le plus remarquable de ces dernières années. Ce qui l'a surtout impressionné, c'est que j'ai été capable d'écrire sur cet acte que j'avais moi-même commis. Il a aussi écrit cette phrase qui m'intéresse au plus haut point : "Consciemment, Sagawa est complètement normal mais inconsciemment, il est complètement fou." Cela signifie que tout ce que je connais de moi est normal mais qu'au fond du cœur, il y a des parties complètement cassées. Cette indication a été très précieuse pour moi. »

À partir de ce moment, Sagawa va développer une vision très littéraire de son crime prêtant davantage attention à une possible carrière d'écrivain et de cinéaste qu'à sa situation réelle de psychopathe enfermé ou aux conséquences irrattrapables de son acte sur la famille de la victime ou sur sa propre famille.

« J'avais quelques projets de films de cannibalisme mais je ne sais pas trop comment on écrit un scénario. Peut-être plus tard, je leur enverrai quelque chose. Je trouve que le cannibalisme n'est jamais bien représenté dans les films gore. C'est toujours une interprétation très superficielle. Dans *Canibal Ferox*, par exemple, c'est toujours du point de vue des sauvages. C'est grotesque ! Ça ne veut rien dire. Le cannibalisme sauvage, c'est normal ! Il y a autre chose à dire du cannibalisme. Et puis, il y a beaucoup de sortes de cannibalisme : entre mon cannibalisme et celui de l'avion des Andes, il y a une énorme différence. Si on veut étudier mon cannibalisme, il faut s'intéresser à la sexologie, la psychologie sexuelle... Le cannibalisme est une expression de la sexualité. On peut aussi se demander pourquoi on interdit le cannibalisme...

Ce qui m'agace, c'est qu'on veuille toujours interpréter mon acte d'un point de vue métaphysique ("il a voulu la posséder symboliquement", etc.) alors que c'est beaucoup plus simple que cela : c'était physique ! Je voulais la manger, point. Après, on peut interpréter tout ce qu'on veut. »

Une ancienne amie parisienne qui l'avait soutenu jusque-là ne peut supporter de le voir se transformer ainsi en esthète de l'horreur, en raffiné gothique, alors qu'elle l'a connu si timide et maladroit. « Qu'il ait commis un crime en état de démence, passe encore, mais qu'il en fasse de la littérature, c'est vraiment écœurant... »

Au fond, Sagawa n'a jamais fait, semble-t-il, une grande différence entre fiction et réalité. Avant son crime, la littérature était, pour lui, un moyen de sublimer la réalité de son petit corps en vivant les émotions par procuration. N'a-t-il pas voulu donner une dimension littéraire à son crime en demandant à Renée de lire un poème au moment de mourir ? Puisqu'il n'est pas interdit de parler de cannibalisme dans un livre, puisque certains films mettent en scène des actes d'anthropophagie, c'est bien la preuve que ce fantasme qui le ronge existe en dehors de lui. Que d'autres l'ont éprouvé... Pourquoi, dès lors, ne pas revendiquer le plaisir qu'il a ressenti puisqu'il ne s'agit, désormais, que de mots ? « D'un côté, je regrette d'avoir tué Renée, dit-il, mais de l'autre, j'avais raison : c'était vraiment bon. »

Les écrivains et les cinéastes ne sont pas les seuls à s'intéresser à Sagawa. En novembre 1983, le groupe de rock le plus célèbre du monde, les Rolling Stones eux-mêmes, évoquent son crime dans une chanson intitulée *Too much blood* (Trop de sang), l'un des tubes de l'album *Undercover* :

Il y avait ce Japonais, un ami à moi, qui avait une petite amie à Paris.
Pendant six mois, il a essayé de décrocher un rendez-vous.
Elle a fini par accepter.
Il l'a invitée chez lui et lui a coupé la tête.
Il a mis le reste dans le réfrigérateur
Il l'a mangée, morceau par morceau.
Il l'a gardée dans le réfrigérateur, oui, dans le freezer.

Et quand il l'a eu mangée, il a emporté ses os
au Bois de Boulogne.
Par chance, un chauffeur de taxi l'a vu
enterrer les restes.
Incroyable? La vérité est plus étrange que la
fiction.
On la croise tous les jours[1].

À l'hôpital Henri-Collin de Villejuif, Sagawa n'a pas beaucoup l'occasion d'écouter la radio. Il passe plutôt son temps à lire et à écrire, exactement comme il l'a toujours fait. Son père et ses amis lui envoient régulièrement tous les livres qu'il demande parmi lesquels *Le Vase d'or* de Hoffmann, qui l'envoûte littéralement.

C'est l'histoire d'un étudiant, Anselme (Anzermus en allemand), possédé par des forces obscures qui lui font commettre les pires bêtises. Désireux, dans un premier temps, d'épouser Veronica, la fille d'un riche fonctionnaire, il tombe sous le charme de Serpentina, une créature qui lui apparaît d'abord en rêve sous la forme d'un joli petit serpent vert. Dès lors, Anselme ne sait plus que faire, partagé entre, d'un côté, le monde réel avec une vraie épouse qui l'attend, et, de l'autre, un monde imaginaire mais beaucoup plus beau où il croit trouver le véritable amour.

---

1. Couplet traduit par l'auteur.

On comprend qu'Anselme constitue, pour Sagawa, un héros auquel il peut s'identifier car, le cannibalisme mis à part, on retrouve, dans le conte d'Hoffmann, tous les éléments de son histoire : un étudiant victime de pulsions qui le dépassent trouve finalement la justification de son existence et de ses actes dans l'amour.

Non seulement cette histoire le séduit au point de lui inspirer le désir d'en tirer un scénario mais elle lui permet aussi, et peut-être surtout, de sublimer son crime. Le meurtre et le dépeçage de Renée comptent moins que l'« amour » qu'il dit ressentir, « pour la première fois » pour Renée et qu'il mettra désormais en avant dans toutes ses lettres à sa famille.

Voici la lettre qu'il adresse, le 17 juillet 1985, au directeur de la Gaumont[1].

Monsieur le Directeur,

Je suis en train d'écrire un scénario du Vase d'or *de Hoffmann : je l'ai lu très touché ce beau livre en regardant des marronniers jaunis dans le jardin de l'hôpital en France. C'est un an après que j'ai commencé à écrire ce scénario, mais dès que j'avais fini de lire cette œuvre,*

1. Les lettres de Sagawa sont reproduites sans retouches orthographiques ni syntaxiques.

j'avais déjà pensé Herma Vos, chanteuse et danseuse du Grand Orchestre du Splendid, pour le rôle principal, Serpentina, très jolie fée du serpent et amie du héros (joué par Lambert Wilson). Je souhaite Herma, en même temps, de jouer d'autre fille aussi charmante, Veronica qui rivalise du héros avec Serpentina et également la sorcière, adversaire du héros.

Le premier rôle est pour sa beauté surréelle de Herma. Deuxième est justement la même image de Herma telle quelle. Troisième est, au contraire, complètement différent de son image et je crois que ce rôle enrichira sa carrière d'actrice.

Mon cœur est déjà plein de ces belles images cinématographiques avec le jolie musique imaginaire.

Hoffmann a ajouté au titre de cette œuvre : un conte de fée moderne. Je crois qu'il nous manque « le conte de fée » ou romantisme à notre époque très ou trop réelle : je voudrais vous présenter un beau rêve. C'est mon plus grand rêve important, mais non pas impossible.

Il y a une parole très belle d'Anzermus :

Même si je suis possédé de fantasmes ou d'illusions, chère Serpentina vit toujours dans mon cœur. Je choisirais plutôt la mort si j'étais séparé d'elle. Mon sentiment chez moi est éternel. Rien ne peut détruire mon sentiment. Ce sentiment, évidemment, n'est pas d'autre chose que mon amour envers Serpentina.

Maintenant, pour la première fois, je sais aimer de tout mon cœur Renée. Donc, je comprends très bien l'amour d'Anzermus envers Serpentina. J'y trouve « la beauté de l'amour pur et sincère ». Cela serait peut-être pourquoi je suis très enchanté de cette œuvre de Hoffmann et que je rêve son adaptation cinématographique. Or, pourquoi je suis très attiré par Herma, parce que, quand j'ai vu la très belle photo de Herma dans une revue, il m'a semblé que j'avais retrouvé la douceur de Renée : sa gentillesse, sa tendresse et sa chaleur toujours vivantes chez Herma.

C'était un miracle pour moi bien que je connaisse très bien qu'elle est une personne complètement différente que Renée et que je craigne que ce comparaison déplaise Herma. Je rêve aussi d'adaptation cinématographique de Ondine de Fouqué et je pense toujours Herma pour deux rôles principaux, Ondine et Beltalda (?) qui sont complètement différentes dans leurs caractères. Également, j'ai pensé une fois sur l'adaptation cinématographique de Matahari et il y a longtemps que j'ai pensé que ce rôle est justement pour Herma, cette jolie hollandaise. Donc, j'ai extrêmement déçu quand j'ai connu que Madame « Première » Emmanuelle, Sylvie Cristelle, avait joué ce rôle dans un film récent

« Matahari ». Mais je crois que c'est toujours possible, Pourquoi pas !

Je vous souhaite sincèrement de me comprendre et d'accepter mon projet parce que, maintenant, ce projet, c'est ma seule raison de vivre.

Avec mes remerciements anticipés, je vous prie d'agréer, Monsieur le Directeur, à l'expression de mes sentiments les plus respectueux.

Issei Sagawa

Chapitre 14

Ni responsable ni coupable

Un peu moins de trois ans après son crime, Sagawa obtient donc, en toute légalité, l'autorisation de rentrer chez lui, au Japon. Un premier pas vers la liberté.

Accompagné d'un médecin français, le Dr Dubois, d'un infirmier et d'un policier, Sagawa embarque, le 21 mai 1984, à bord du vol régulier d'Air France pour Tokyo. Il ne porte évidemment pas de menottes.

À son arrivée à Narita (l'aéroport de Tokyo) des centaines de journalistes et de photographes l'attendent pour recueillir ses premières impressions. Ce sera le début d'une aventure médiatique qui ne connaîtra pas de limites, Sagawa devenant, d'emblée, pour ses compatriotes, une sorte de champion de l'horreur, un phénomène digne du livre des records!

Flatté d'être devenu un personnage aussi important, Sagawa n'en tient pas moins à rester discret et se contente de saluer la presse d'un petit signe de la main à la façon des vedettes de cinéma. Il est immédiatement transféré à l'hôpital Matsuzawa de Tokyo dans le service du Pr Kaneko. Grâce à l'intervention de son père, il dispose d'une belle chambre et peut aller se promener dans le parc à sa guise. Son voisin est un petit *yakusa* (mafioso) qui le considère comme un véritable caïd et qui, en signe de respect, partage avec lui tous les cadeaux qu'il reçoit de l'extérieur.

La grande différence avec l'hôpital psychiatrique en France, c'est qu'il s'agit, cette fois, d'un internement volontaire et non pas d'une décision administrative. En clair, cela signifie que Sagawa pourra sortir quand il le désirera.

Un « détail » que le grand public ne connaît pas encore mais que ni le préfet de police de Paris ni le juge Bruguière ne pouvaient ignorer et contre lequel le Dr Giraud les avait mis en garde.

Encore une fois, M. Hartevelt, le père de Renée, crie sa colère. Une colère derrière laquelle on perçoit un indicible chagrin :

« Ma femme et moi souffrons comme au premier jour, déclare à la presse cet homme brisé. C'est une impression horrible. Comme un poids sur la poitrine. Quand on passe devant la chambre de Renée, les larmes nous montent aux yeux. À ce moment-là, nous évitons de croiser nos regards. »

Le retour de Sagawa au Japon est, pour eux, un immense choc :

« Nous ne dormons plus. Ma femme prend des doses massives de barbituriques. Ce que je redoute, c'est que les autorités japonaises finissent par le relâcher et qu'il recommence à tuer. Dans sa correspondance, avec arrogance, il n'a jamais caché : "si je suis remis en liberté, je mangerai à nouveau une femme. Renée était très appétissante..." Que ce soit une Japonaise ou une autre femme, qu'importe ? Un monstre est un monstre. Mon seul espoir c'est que, ainsi que notre avocat nous l'a assuré, il ne puisse plus jamais revenir en France ni aux Pays-Bas. »

Surtout, M. Hartevelt est outré par l'attitude de la famille du meurtrier : « Ils ne se sont jamais manifestés auprès de nous, révèle-t-il. Bien qu'il soit venu plusieurs fois en Europe, son père n'a jamais exprimé la moindre parole de regret. Comme si nous n'existions pas. Comme si la victime, c'était son fils et non ma petite Renée... »

Loin de faire montre d'une quelconque compassion, Akira Sagawa reprend effectivement avec autorité la situation en mains. Lorsqu'il se rend à l'hôpital pour voir son fils, il arrive toujours entouré d'une volée de secrétaires et traite médecins et infirmiers comme s'il s'agissait de ses employés. Il sait qu'il a gagné la partie et qu'il a sauvé son fils de l'enfermement. Il n'est pas sûr, en revanche, qu'il ait sérieusement réfléchi à l'avenir d'Issei, miraculeusement revenu dans le monde des hommes libres.

En théorie, la justice japonaise aurait parfaitement pu poursuivre Sagawa pour « crime commis à l'étranger » et demander à la France communication du dossier. Pourtant, le Parquet de Paris ne recevra aucune demande de la part de la police japonaise. Selon un journaliste nippon en poste à Paris, le Japon n'aurait pas « osé » remettre en cause la décision française car cela aurait eu l'air d'un désaveu. Pour le juge Bruguière, c'est tout simplement l'application du principe de droit universel selon lequel on ne peut juger une personne deux fois pour les mêmes faits.

Or, pour lui, il n'y a plus de « dossier » Sagawa. L'affaire s'étant conclue par un non-lieu elle est, à ses yeux, définitivement close.

Déclaré fou en France où il ne fait plus l'objet d'aucune poursuite, il ne reste plus à Sagawa qu'à convaincre les psychiatres japonais qu'il n'est pas fou et qu'ils n'ont aucune raison de le maintenir enfermé.

Et quand bien même ils ne seraient pas convaincus, ils n'auraient aucun moyen légal de l'interner contre sa volonté ou celle de sa famille.

D'ailleurs, après une série d'examens (tous réalisés volontairement), les médecins de Matsuzawa estiment en effet que rien ne justifie plus

– d'un point de vue purement psychiatrique – l'internement de Sagawa au Japon.

Le 13 août 1985, le Japonais cannibale est rendu à sa famille. Son affaire est réglée. Il est libre aussi bien sur le plan juridique que médical. Il ne s'est écoulé que quatre ans et deux mois depuis l'horrible meurtre de la rue Erlanger. Certes, les médecins qui ont pris la responsabilité de le laisser sortir de l'hôpital sont parfaitement au courant de l'affaire mais celle-ci relève, selon eux, de la justice et non de la psychiatrie : « Au Japon, je n'ai jamais vraiment pu parler à qui que ce soit, se plaint Sagawa. C'est malheureux mais les médecins japonais ne veulent pas parler avec moi. Ils me prennent pour une sorte d'original mais pas pour un fou. Certains trouvent même que ma place serait plutôt en prison... Le psychiatre qui s'occupait de moi à l'hôpital Matsuzawa me l'a même écrit directement : "Vous n'avez rien à faire à l'hôpital, vous n'êtes pas malade." Sa lettre m'a beaucoup choqué dans la mesure où je n'ai jamais eu la possibilité de parler avec lui à cœur ouvert.

Au début, il m'a examiné mais pas du tout comme les médecins français, c'était entièrement différent : on a d'abord eu une conversation où il m'a demandé si ce que j'avais fait en France était vrai, et puis il m'a fait des piqûres d'insuline, je crois, pour observer mes réactions. Ensuite, on a fait des radios de ma tête, d'abord éveillé, puis endormi et enfin quelques tests du genre "Que voyez-vous sur ce tableau?"... Et puis c'est tout.

Bien sûr, ce médecin me soignait quand j'avais un rhume ou quelque chose comme ça, mais il ne voulait rien savoir de mon affaire.

Quant à ma soi-disant malformation du cerveau que les psychiatres français avaient diagnostiquée, on n'en a trouvé aucune trace au Japon! Je n'ai absolument rien d'anormal. Ma folie, si je suis fou, est inconsciente (et par conséquent invisible). »

Quand on lui fait remarquer que, ce qui distingue finalement un fou d'un homme sain d'esprit, c'est le passage à l'acte, Sagawa répond sans hésiter : « Tout à fait d'accord. Pour moi aussi, la pulsion est la pulsion et la réalité est la réalité. C'est bien à cause de cette distinction, que je suis parfaitement capable de faire, que je n'ai pas réalisé mon fantasme pendant toutes ces années qui ont précédé mon affaire. Pourtant, au cours des deux ou trois années qui ont précédé, j'ai souvent fait venir chez moi des prostituées que j'avais le fantasme de manger, mais sans jamais penser vraiment à le réaliser. »

Le Pr Yoji Nakatani est l'un des psychiatres qui ont examiné Sagawa durant son hospitalisation et qui ont conclu à son entière responsabilité. Voici sa réponse (en français) à la lettre que je lui ai adressée au début de l'année 2001 :

« Ayant observé minutieusement et recueilli

des renseignements de la famille, j'ai conclu que Sagawa avait un trouble de la personnalité (« *Histrionic personnality disorder* » *of the international classification*). Il n'a présenté aucun indice, ni de schizophrénie, ni de psychose organique. À savoir, il n'était pas atteint de la folie qui aurait justifié l'irresponsabilité pénale. Il me semble que le diagnostic posé par les experts français n'est pas fondé car il se base sur une encéphalite qu'aurait contractée Sagawa dans l'enfance. Or je n'ai pas pu trouver trace d'une telle maladie chez lui. Tous mes collègues et moi-même sommes arrivés à la conclusion que Sagawa aurait dû être jugé et condamné. La différence de diagnostic ne concerne pas la question culturelle.

Depuis qu'il est sorti de l'hôpital, Sagawa n'a commis aucun délit. Pourquoi, dès lors, devrait-il être maintenu enfermé dans un hôpital ? »

Pour le Pr Nakatani, les experts français se sont tout bonnement laissé abuser par Sagawa et leurs conclusions sur sa démence reposent sur une encéphalite entièrement imaginaire.

Au Japon, les réactions à la libération de Sagawa sont fatalistes : « Je n'ai pas été surpris par la décision des psychiatres japonais », déclare Masashi Oda, lui-même psychiatre, qui admet pourtant que la remise en liberté de ce détraqué lui a donné un « coup au cœur ». Le Japon, explique ce professeur de l'université Kokusai Iryo Fukushi, n'a pas l'équivalent, en effet, de l'article 64 qui permet de déclarer irresponsable un pervers sexuel. « Chez nous, un cas comme celui de Sagawa aurait relevé de la justice et non de la psychiatrie, mais comme la France a déjà jugé qu'il ne pouvait pas être condamné, la justice japonaise n'a pas pu rouvrir le dossier. »

Pour Akio Yamagami, professeur de criminologie à l'université de Tokyo, Sagawa doit avant tout sa liberté au fait que la loi japonaise ne reconnaît pas la perversion sexuelle comme une maladie mentale.

Un autre psychiatre, le Pr Miyamoto de l'université Jichi Ika, va encore plus loin, affirmant que le fantasme cannibale est loin d'être rare au Japon et révèlant avoir traité plusieurs cas de ce genre : « Ce sont généralement des garçons plus jeunes que Sagawa (dix ans de moins en moyenne) qui font un retour à l'enfance. L'objet de leur désir est le plus souvent la mère ou la petite amie. Mentalement, ils sont exactement comme des enfants et n'ont aucun sens social. Quand on y regarde de plus près, on s'aperçoit qu'ils n'ont pas reçu une éducation adéquate. »

Selon le Pr Miyamoto, le désir cannibale n'est pas l'expression de la haine mais de l'amour. Il est basé sur l'illusion qu'on ne peut s'unir véritablement à une personne qu'après l'avoir mangée.

Sagawa lui-même ne sait pas trop à quoi s'en tenir sur sa propre folie :

« L'hôpital japonais estime que je n'entre dans aucune catégorie de névrose connue. Je ne suis ni sadique, ni masochiste... Ils disent qu'on ne peut pas expliquer mon acte par la maladie. Quelqu'un qui m'aurait vu au moment où j'ai tué Renée m'aurait aussi jugé tout à fait normal. J'étais, en apparence, tout à fait conscient et d'ailleurs, je me souviens absolument de tout ce que j'ai fait. C'est pour cela que les médecins japonais pensent que je suis normal. Ils ne comprennent pas que c'est au fond de moi qu'il y a des parties détruites. »

Se sent-il responsable?

« C'est difficile à dire dans la mesure où je n'arrive pas moi-même à comprendre pourquoi je voulais manger de la chair humaine, ni à l'expliquer. Mon frère, lui, est tout à fait normal. Il n'a jamais eu ce genre d'idée. Mes parents non plus. Il n'y a que moi qui suis comme ça dans la famille. Pourquoi? Mystère. Quant à la prison... C'est évident que je préfère être en liberté. »

Considéré comme fou en France (où il a bénéficié d'un non-lieu) mais jugé sain d'esprit au Japon (où il n'est poursuivi, officiellement, pour aucun crime), Sagawa se retrouve dans une situation paradoxale, une sorte de faille juridique inédite, qui lui permet d'échapper à toute poursuite.

Cinq ans après son crime et sans avoir jamais exprimé le moindre regret (sinon celui que la réalisation de son fantasme ait malheureusement « nécessité » la mort d'une jeune fille), Sagawa va donc, tout simplement, recouvrer la liberté. Il n'est soumis à aucune surveillance ni à aucun suivi officiel. La seule restriction qu'on lui impose (et encore cette mesure ne repose-t-elle sur aucun fondement légal) concerne ses voyages à l'étranger.

Chapitre 15

La sœur fantôme

Le Pr Takeo Doi est l'un des psychiatres japonais les plus célèbres dans le monde. S'il n'a pas, à l'époque, commenté le crime de Sagawa, son ouvrage *Amae no kozo*, traduit en français sous le titre « Le jeu de l'indulgence[1] » donne à l'histoire un éclairage particulièrement intéressant et permet de comprendre comment Sagawa s'est réinséré dans la société japonaise sans trop de difficulté. Il y développe en effet le concept d'*amae* – traduit en français par le terme « dépendance » – qu'il définit comme le besoin, ressenti par tous les Japonais, « d'abuser de la bonté » de quelqu'un (en général la mère, mais ce besoin peut se déplacer vers une autre personne, voire un groupe). En d'autres termes, le Japonais ne se sent vraiment à l'aise que lorsqu'il a quelque

1. Asiathèque, 1988.

chose à se faire pardonner ce qui est, à l'évidence, le cas de Sagawa aujourd'hui.

« Fondamentalement, écrit Doi, les Japonais font de la relation parents-enfants le modèle privilégié de toute relation où l'on tend à ne faire qu'un avec l'autre. »

Le cannibalisme ne se veut-il pas une autre façon de ne « faire qu'un avec l'autre »?

Doi poursuit : « Dès lors qu'il ne peut plus *amaeru*[1] comme il y est accoutumé (c'est-à-dire abuser de l'indulgence d'autrui), l'individu se réfugie dans des attitudes hautaines et méprisantes. [...] Il commence par *suneru*, faire la tête, puis finit par *yakemono ni naru*, être au désespoir, se conduire en désespéré... » C'est exactement ce qui s'est passé pour Sagawa, dont ce long séjour en France était la première véritable séparation d'avec sa mère. Les témoignages que nous avons recueillis indiquent tous une attitude supérieure et méprisante, et des comportements capricieux, notamment à l'égard des femmes.

Doi, qui est aussi, ne l'oublions pas, psychiatre en exercice, estime que le *toraware* (l'obsession, l'idée fixe) résulte généralement d'un désir frustré d'*amaeru*. Il a souvent remarqué qu'une même personne pouvait combiner l'*amae* le plus capricieux qui soit envers sa famille et l'indifférence la plus glaciale à l'égard des étrangers.

1. Forme verbale de *amae*.

Difficile de ne pas reconnaître, ici encore, certains traits marquants de la personnalité de Sagawa.

Le concept d'*amae* est d'autant plus intéressant à mettre en relation avec Sagawa que ce mot est de la même famille que *amai* : sucré. Ainsi, le fameux lien de dépendance que ressentent tous les Japonais serait lié, d'une manière ou d'une autre, à la nourriture et au goût!

Doi souligne par ailleurs que le verbe *kuu* (manger en japonais) s'utilise, au figuré, pour décrire une attitude de supériorité et de mépris pour autrui et non pas, comme en Occident, pour signifier un amour dévorant comme dans l'expression : « Je t'aime tellement que j'ai envie de te manger. »

« Poussée à l'extrême, précise Doi, le mot *kuu* fait surgir l'idée de savoir qui va manger l'autre et, par là, celle d'une lutte pour la vie. »

Au début de l'année 2001, j'ai écrit au Pr Doi pour lui demander si le double sens du mot « manger » avait pu, selon lui, jouer un rôle dans le désir cannibale de Sagawa. Il m'a fait cette réponse étonnante de la part d'un psychiatre : « Ce mot n'est en aucun cas applicable à l'acte horrible de Issei Sagawa car il s'agit là du sens figuré et non du sens propre du mot manger »...

On comprend pourquoi la psychanalyse n'a jamais vraiment pris au Japon!

Une des motivations inconscientes de Sagawa

dans son passage à l'acte fut peut-être de découvrir pour quelles raisons il était à ce point hanté par le cannibalisme. C'est en effet un trait des personnalités narcissiques (et Sagawa en est assurément une) que de se prendre eux-mêmes pour objet de considération. Se croyant intéressants à leurs propres yeux, ils essaient souvent d'en convaincre les autres. Sagawa n'a eu aucun mal à le faire, aussi bien en France qu'au Japon (avec les médias par exemple). Le passage à l'acte « pour savoir » peut s'inscrire dans cette complaisance narcissique.

« Le cannibalisme, écrit Jean-Claude Jugon[1], renvoie à l'oralité qui est la première pulsion chez le bébé : il doit téter pour vivre. Il cherche donc l'objet (le sein) qui va apaiser sa faim. Une fois repu, il éprouve de la satisfaction. Freud qualifie de "sexuel" tout ce qui procure un plaisir physiologique mais, en l'occurrence, pour être plus précis, il s'agit plus d'un plaisir oral que

---

1. L'ensemble de ce chapitre a été rédigé sur la base d'une analyse réalisée, à partir de mon interview de Sagawa, par ce psychologue clinicien et docteur en psychologie. Il ne s'agit bien entendu que d'ouvrir ici quelques pistes de réflexion pour tenter de comprendre le geste de Sagawa.

Jean-Claude Jugon est l'auteur de *Phobies sociales au Japon, Timidité et angoisse de l'autre* (Éd. ESF). Il prépare actuellement un nouvel ouvrage intitulé *Petite enfance et maternité au Japon*.

strictement sexuel. Mais, comme dit Sagawa, le plaisir reste le plaisir, qu'il soit oral ou sexuel. Lui-même “assimile” les deux.

« Comme la faim revient sans cesse, il faut toujours revenir à l'objet qui l'apaise. Par conséquent, il existe, dès la prime enfance, une phase orale (dite aussi cannibale) qui consiste à absorber le lait contenu dans le sein maternel pour se maintenir en vie. Au début, le bébé ne fait pas la différence entre le lait, le sein et sa mère. Pour lui, c'est la même chose. Il est en fusion avec elle. C'est-à-dire qu'il n'a pas conscience de l'altérité qui existe entre lui et sa mère. Fantasmatiquement, il met tout ça à l'intérieur de lui. La conscience de l'autre, même confuse, n'existe pas à ce stade. Ce n'est qu'un peu plus tard, entre six et huit mois, qu'elle va graduellement apparaître.

« Reconnaître peu à peu qu'il existe un objet différent de soi, c'est comprendre que l'objet (l'autre) ne nous appartient pas, qu'il a une vie indépendante de nous, qu'on ne peut pas le dévorer dans son entièreté, même s'il peut nous procurer des satisfactions. Le baiser mentionné par Sagawa comme stade préliminaire du cannibalisme (son interprétation est juste car en matière d'oralité il sait de quoi il parle) est une survivance de cette période orale de la toute petite enfance. Aime-t-on quelque chose ou quelqu'un, on désire le dévorer, le mettre à l'intérieur de soi pour le faire sien, comme fait le petit bébé qui, dans les premiers mois de la vie, porte tout à sa bouche. La force de la pulsion orale est telle durant cette période que non seulement il veut absorber la nourriture qui apaise sa sensation de faim mais aussi l'objet qui lui dispense cette nourriture. C'est la même chose dans la passion amoureuse : ce sentiment qu'il y a fusion entre les deux partenaires, qu'ils ne forment qu'une seule et même unité. Seule l'acceptation en soi de l'altérité inaliénable de l'objet nous empêche d'arriver à l'extrémité logique de la dévoration. Mais, apparemment, Sagawa n'a pas vraiment franchi ce stade. »

L'attitude de ses parents qui l'ont toujours outrageusement infantilisé n'a fait qu'entretenir, chez lui, la double confusion moi/les autres et manger/faire l'amour.

La première explication qui vient à l'esprit est celle du sous-développement staturo-pondéral (taille et poids) d'Issei. Comme l'indique le dossier médical et comme le confirme son père, Sagawa ne pesait qu'un kilo cinq cents à la naissance. Se nourrir était donc, dans son cas, une question de vie ou de mort. Il est probable que Sagawa a été plus ou moins « gavé » au cours de la première année de son existence ce qui a entraîné, à l'âge d'un an, une grave inflammation des intestins. Il n'est pas impossible qu'en plus des œufs, ses parents aient essayé de lui faire consommer de la viande...

Mais même si cela a été le cas, il est bien difficile de mesurer l'impact d'un tel « forçage oral » sur la formation et le développement du fantasme cannibalique. En général, ce type d'agression extérieure provoque plutôt un rejet de la nourriture que l'envie de dévorer... On peut néanmoins formuler l'hypothèse que la mère de Sagawa avait mis au point un petit rituel consistant à récompenser son fils par des caresses et des baisers aussitôt qu'il avait avalé une bouchée, créant ainsi une relation entre le fait de manger et le plaisir érotique.

L'injonction à manger a dû être d'autant plus forte que, on s'en souvient, les Sagawa ont perdu une petite fille trois ans avant la naissance d'Issei. En ingérant de la nourriture et en se développant, Issei avait donc le pouvoir d'atténuer la douleur liée à la perte de leur premier enfant et qu'il a, de toute évidence, très tôt perçue. Il savait, en même temps, qu'il ne parviendrait jamais à faire véritablement renaître cette grande sœur disparue et qu'il valait mieux, finalement, l'incarner lui-même. Sa mère l'y a semble-t-il encouragé de toutes ses forces en le traitant, dès sa naissance comme la petite fille qu'elle a tant pleurée.

On ne peut qu'être frappé, à cet égard, par le prénom de la victime : Renée ! Le fait de manger une Renée n'était-ce pas, pour Issei, résoudre la mission impossible que semblaient lui avoir confié ses parents : faire renaître, en mangeant, sa sœur défunte ? Ceci expliquerait le cauchemar de Sagawa. Dans la casserole, il est, nous dit-il, avec son frère mais peut-être s'agit-il plutôt de cette sœur qui n'a pas vécu. Sagawa aurait dévoré Renée pour faire revivre en lui ce fantôme ; se le réapproprier, à la manière de la nature qui réintègre ses enfants dans son sein. Rappelons une fois encore que le prénom Hajime que s'est choisi Sagawa à son retour au Japon signifie tout à la fois « commencement » et « femme honteuse (qui renvoie à l'idée de mère indigne) » : tout un programme !

Une scène importante se joue lorsque Sagawa observe Renée de dos, au moment où elle regarde ses livres dans la bibliothèque. L'image de la prostituée sur son bidet s'interpose alors « sans raison », sans qu'il comprenne pourquoi mais avec suffisamment de force pour qu'il décide, d'un seul coup, que Renée sera sa victime. Voici l'interprétation qu'a bien voulu m'en proposer Jean-Claude Jugon :

« Tout s'enchaîne maintenant dans la tête de Sagawa. Après avoir imaginé la scène du mariage, l'image du bidet va s'interposer. Comme il dit "tout à coup" et "cela a été instantané", on peut penser que ces images viennent de l'inconscient et s'imposent à lui. C'est une particularité du fonctionnement de l'inconscient que de faire irruption sans crier gare et d'emporter la conviction du sujet. On trouve un phénomène similaire dans les moments féconds des délires psychotiques. Il n'y a plus de critique possible. Sagawa ne délire pas mais il ne comprend pas la superposition des images qui se bousculent dans sa tête. Alors, il dit : "Il n'y a aucune raison", "je ne sais pas pourquoi mais..." »

L'image inconsciente qui s'impose ici à Sagawa est celle de la fonction maternelle. Il y a d'un côté la bibliothèque (un dépôt de livres) et de l'autre le bidet (un réservoir servant aux ablutions *post coïtum*). Ces deux images vont s'entrechoquer en lui. La bibliothèque, c'est une représentation de la mère ou, plus exactement, de la grand-mère. Les mères et les grands-mères sont les dépositaires du savoir et de la culture produits par les hommes. Leur rôle est de transmettre cela aux enfants. La prostituée sur le bidet, c'est l'image d'une femme en train d'accoucher (ou de se vider de quelque chose) dans ce que cette représentation a de plus trivial. Dans les *Chroniques nippones* et notamment le *Kojiki*[1], il existe un tabou qui est souvent trans-

1. Écrit en 712, c'est l'un des plus anciens documents écrits au Japon. Composé à la demande du trône, il présente la famille impériale comme descendant de la déesse solaire Amaterasu.

gressé par les hommes : celui de regarder une femme en pleine parturition parce qu'ils la voient alors dans sa forme originelle. Sagawa imagine d'ailleurs l'accouchement de Renée après son départ et la prostituée sur son bidet évoque aussi cela. Traditionnellement, les femmes japonaises accouchaient en position semi-assise (ça revient à la mode aujourd'hui), à genoux, les jambes écartées, et non couchées comme en Occident. Sagawa ne fait donc pas vraiment de distinction entre oralité, analité et sexualité au niveau de ses étayages psychologiques. C'est là où il est gravement perturbé. Pour lui, la bouche, l'anus et le sexe sont un seul et même orifice : une sorte de cloaque ou de fourre-tout. Tout peut se mélanger dans ce « sac[1] » capable de produire, de réduire, de détruire, de faire renaître, etc. Les deux représentations de la fonction maternelle (mettre au monde et transmettre le savoir, le bidet et la bibliothèque) fusionnent chez lui. En conséquence, dévorer un livre ou une femme, c'est du pareil au même. Accoucher ou aller à la selle aussi. C'est atroce à dire mais il ne fait pas du tout la différence parce que, en lui, le magma des pulsions partielles reste très mal différencié. C'est confondu dans un même vécu fantasmatique. Renée va venir faire le lien entre ces deux repré-

1. En japonais, *o'fukuro*, le sac, désigne aussi, familièrement, la mère.

sentations maternelles. D'un côté (face) elle s'intéresse aux livres de sa bibliothèque, de l'autre (pile) elle lui montre son derrière et Sagawa la voit comme une prostituée. Ces deux images se rejoignent alors inconsciemment dans sa tête. C'est le moment où « ça fait du sens » pour lui mais il ne sait pas pourquoi. S'il avait été plus « intelligent » (ça n'a aucun rapport avec les connaissances), il serait sans doute parvenu à délirer et il est probable qu'il ne serait pas passé à l'acte, le délire étant suffisant pour satisfaire le fantasme.

Au fond, Sagawa ne comprend pas que ce devant/derrière que Renée lui dévoile fortuitement (et sans doute furtivement), c'est aussi sa double personnalité. Côté cour (conscient) il a un certain intérêt pour la culture, côté jardin (inconscient) il est obsédé par un fantasme maternel archaïque (la nature). Mais, en réalité, il est incapable de distinguer les deux. »

Il faudra attendre 1992 pour que Sagawa « réalise » qu'il a toujours séparé, chez les femmes, la fonction maternelle du reste. Au cours d'une interview télévisée sur la chaîne allemande Première, il explique qu'il voyait en Renée la « jeune vierge ou la prostituée », il ne sait pas au juste. Ce qu'il sait, c'est que s'il avait pu voir en elle la mère, s'il avait eu, par exemple, la possibilité de rencontrer ses parents, alors il l'aurait reconnue comme un « être humain » et ne l'aurait certainement pas tuée et encore moins mangée.

Au cours de la même émission, Sagawa affirme avoir été bouleversé en apprenant que Renée avait projeté de l'emmener visiter la Hollande. « Jamais je n'aurais imaginé qu'elle avait des pensées aussi gentilles à mon égard. »

L'hypothèse est que son fantasme cannibalique pourrait s'originer dans une oralité « folle », omnipotente et dévorante, subordonnant tout à elle. C'est la « nature » dans ce qu'elle a de plus concret, de plus primaire et de plus grossier. C'est de la sensation à l'état brut, sans affectivité. En fait, comme Sagawa semble le suggérer, son cannibalisme n'en est peut-être même pas un. C'est-à-dire qu'il n'est pas arrivé au stade de la dévoration rituelle pour en faire quelque chose de « sacré » qui serait quand même un début de culturel. Psychologiquement et affectivement, il est encore en deçà du sauvage cannibale.

Comme *ça* le fascine, il lui faut aller voir là-dedans, au moins une fois. Il assassine sa victime et commence par la fesse (le cloaque) qui, dans son esprit, doit être la partie la plus « appétissante » parce que la plus charnue. Le reste suivra : les seins (c'est aussi charnu), le sexe, l'anus, mais tout cela c'est toujours du cloaque. Quand il tombe sur la graisse, ça le dégoûte. Si en apparence Sagawa semble quelque peu éloigné de la brute sanguinaire des films américains, c'est sans doute à cause de la valorisation de l'esthétique dans la culture japonaise.

Jean-Claude Jugon propose également une interprétation quant au choix du lac du Bois de Boulogne par Sagawa pour se débarrasser du corps, et analyse la portée symbolique du parcours suivi par le meurtrier pour semer, tel un Petit Poucet, les objets ayant appartenu à Renée.

« La conviction de Sagawa de ne pas être découvert en jetant le corps dans le lac renvoie peut-être à une vieille coutume qui consistait à renvoyer à l'eau les bébés « liquidés » pour cause de misère. Mais le lac c'est aussi pour lui le retour au sein cloacal (l'eau dormante) tandis que la Seine c'est déjà de l'eau courante. Il y a peut-être encore un rapport entre *ike* (l'étang, le lac) et *ikeru* (vivant) que l'on retrouve dans *ikebana* (l'art floral), *ikeru shikabane* (cadavre vivant, expression employée par métaphore pour désigner quelqu'un qui n'a plus d'avenir, plus d'espoir) et *ikenie* (victime immolée en sacrifice). *Nie* évoque *ni* (poids, fardeau) et aussi *niru* (cuire, bouillir), même si les idéogrammes employés sont différents. Le lac où Sagawa pensait jeter le corps de sa victime aurait donc un lien avec son cauchemar. C'est la grande marmite où sont « cuits vivants » les petits enfants. Comme il semble fonctionner au sens propre (autrement dit, le passage au symbolique ne se fait pas chez lui), on ne peut pas exclure des associations inconscientes de ce genre.

On peut aussi se demander pourquoi Sagawa ne se résout pas à jeter la montre de Renée dans une poubelle comme le reste de ses effets? Elle lui semblait « précieuse », dit-il, mais la vie de sa victime l'était bien plus. Ce qui est précieux pour lui dans la montre ce n'est pas sa valeur mais le fait que cet objet serve à compter le temps. C'est aussi bien le temps de vie de Renée que, peut-être, celui d'une autre victime. Sagawa a ici un dernier remords. Il est impitoyable dans son fantasme mais aussi, par certains côtés, complètement « candide », au sens d'asymbolique. Il ne pousse pas jusqu'au bout la logique de la disparition des preuves qui l'accusent parce qu'il est mû tout à coup par une autre logique, celle de l'inconscient. Celui-ci ne rencontre pour ainsi dire pas de barrages dans sa vie intérieure consciente parce que Sagawa n'arrive pas mentalement à métaphoriser, à passer au sens figuré. Comme s'il n'y avait pas de retour du refoulé chez lui.

L'inconscient vient donc s'exprimer directement de la profondeur en passant par les trous de l'asymbolique. Autrement dit, la montre de Renée l'émeut tout à coup (l'émotion c'est une réaction qui nous fait agir au niveau individuel) tandis que sa mort le laisse indifférent. Il veut faire cadeau de cette montre à quelqu'un d'autre, comme s'il offrait le temps de vie de Renée à cette personne (qui? c'est toute la question) afin de la faire revivre. Le sens du cannibalisme rituel c'est aussi cela : ressusciter les morts. »

Chapitre 16

Une marionnette en liberté

Dans les jours qui suivent sa sortie de l'hôpital, Sagawa va passer le plus clair de son temps à tenter d'échapper aux journalistes qui le pourchassent en permanence et c'est dans ce dessein qu'il s'installe à Mito sous un nom d'emprunt.

Désireux de ne plus dépendre financièrement de ses parents, il cherche dans un premier temps à donner des cours de français et répond à des petites annonces, mais toutes les portes se ferment aussitôt qu'on découvre sa véritable identité, ce qui ne prend jamais bien longtemps. Il se dit prêt, néanmoins, à accepter n'importe quel travail.

« J'ai tout essayé, dit-il, même d'être laveur de vaisselle, mais je suis trop faible pour ce genre de métier et au bout d'une journée, j'ai déclaré forfait. »

En août 1988, un fait divers qui dépasse, en horreur, sa propre affaire va, paradoxalement, lui donner du travail et orienter sa vie de façon inattendue.

Il s'agit de l'enlèvement d'une enfant de quatre ans, dans la province de Saitama (près de Tokyo) suivi, deux mois plus tard, de deux nouveaux rapts. Cette fois encore, les victimes sont de tout jeunes enfants : sept et quatre ans.

Le 6 février 1989, les parents de la première victime reçoivent, par la poste, les os et les dents à moitié calcinés de leur enfant avec une notice explicative. Quatre jours plus tard, le meurtrier adresse un nouveau courrier aux parents accompagné, cette fois, d'une photo de leur fille et d'une longue lettre racontant par le menu toutes les tortures qu'il a fait subir à la petite avant de l'exécuter. Parallèlement, il adresse aux journaux des lettres signées Yuko Imada (pseudonyme qui signifie « révélation de dernière minute ») dans lesquelles il explique que, s'il agit ainsi, c'est pour se venger de ne pas pouvoir avoir d'enfant.

En juin 1989, une quatrième petite fille est enlevée dont on retrouvera les restes dans un fourré. Il manque la tête qui arrivera, par la poste, au domicile des parents ! Mais au mois de juillet de la même année, le tueur commet l'imprudence d'agresser deux fillettes dans un jardin d'enfants et se fait arrêter. Tsutomu Miyazaki, c'est son vrai nom, est un étudiant tout ce qu'il y a de banal, issu d'une famille aisée. Il a vingt-sept ans et n'a aucun antécédent judiciaire. À son domicile, les policiers retrouvent, au milieu d'une impressionnante collection de vidéos violentes et porno, des images, tournées par lui-même du dépeçage des enfants...

La personnalité du coupable, un enfant gâté et plutôt timide, rappelle par bien des aspects celle de Sagawa à qui la presse le compare à longueur d'articles.

Miyazaki est ce que la société japonaise appelle un *otaku* (terme qui signifie la maison), un être totalement coupé du monde extérieur qui passe son temps devant la télé ou à lire des mangas. Ne vivant rien directement, il est, lui aussi, atteint du syndrome « je-voulais-voir-ce-que-ça-fait-de-tuer-quelqu'un » (c'est, en gros, ce qu'il dit pour sa défense) et, tout comme Sagawa, ne semble nullement conscient de la gravité de ses actes.

Curieuse de connaître le point de vue d'un « expert » sur cette nouvelle affaire, la presse propose alors à Sagawa plusieurs tribunes libres qui lui permettront, d'une part, de gagner ses galons de commentateur en criminologie et, d'autre part, de se racheter une conduite en condamnant le ravisseur d'enfants avec la dernière fermeté. Car Sagawa déteste être comparé à Miyazaki : « C'est grotesque, écrit-il, de tuer et de découper des petites filles. Ce type est vraiment cinglé ! »

Mais, très vite, Sagawa ressent une certaine

forme de solidarité avec Miyazaki et dans ses chroniques sur l'affaire, rejette la responsabilité des meurtres sur « la société » : « Le Japon, poursuit-il, a tendance à s'avilir ces derniers temps. C'est un pays trop riche et qui fabrique trop de films d'horreur. » Pour lui, Miyazaki est une victime qui a eu besoin de commettre quelque chose de sensationnel pour attirer l'attention sur lui.

Dans une de ses chroniques, il s'adresse directement au tueur d'enfants :

« Miyazaki, tu dois te sentir perdu, bien sûr. Si je pouvais te rendre visite, je viendrais te chanter cette berceuse qui se termine par cette phrase que tu connais bien : "Bien sûr, c'est ma maman que j'aime." Sache que tout ce qui s'est passé avant le crime est beaucoup plus important que le crime lui-même. »

Et de conclure : « Le Japon actuel me donne des frissons. »

Si certains lui tendent complaisamment le micro ou la plume, d'autres, comme Toshiro Ishido, scénariste réputé, auteur, notamment, de *Pluie noire* tourné par Shœi Imamura, s'insurgent contre le « cynisme de cette société » qui permet à un assassin de parader et de donner des leçons de morale :

« C'est tout simplement incroyable qu'un être qui a tué et mangé une femme, qui a ensuite eu le culot de dire que c'était délicieux, puisse donner son avis sur un nouveau meurtre, se révolte-t-il dans l'hebdomadaire *Shukan Post*. Si les fous sont invités à commenter ce que font les autres fous, où va-t-on? Pourquoi n'organiserions-nous pas carrément des tours-opérateurs pour aller bouffer de la chair humaine à Paris? »

Ishido conclut son article en jurant que s'il avait été le père de Renée, il serait venu au Japon tuer Sagawa de ses propres mains, précisant qu'il se serait forcé à le manger (malgré sa laideur) pour être certain de ne pas être jugé.

Loin de fuir la polémique, Sagawa se dit outré de ces attaques et répond à Ishido dans un journal à plus fort tirage encore, le *Yukan Fuji* : « L'article de M. Ishido m'a fait froid dans le dos, écrit-il. Laver le sang par le sang n'appartient plus à notre époque civilisée. Et dire qu'un homme habité par de telles pensées se prétend scénariste! En fait, ce que prône M. Ishido, ce n'est ni plus ni moins qu'un retour à la barbarie. Je lui conseille d'aller vivre dans un pays où la loi c'est "œil pour œil, dent pour dent". Quelle perversité d'imaginer que le père de Renée pourrait venir me manger! La vérité, Ishido, c'est que tu es toi-même un assassin puisque tu parles tout de suite de sang. Si tu continues à m'insulter, tu ne feras que creuser ta propre tombe. »

Ishido n'est apparemment pas le seul à trouver insupportable le cynisme de Sagawa. De nombreuses lettres parviennent au cannibale lui demandant d'avoir au moins la pudeur de ne pas continuellement « vendre » son cannibalisme. Un jour, il reçoit sa propre photo collée à côté de celle de Miyazaki. Elle a été trouée au milieu et l'expéditeur a écrit, en dessous : « Sagawa, quitte cette ville ! »

Sagawa ne tient aucun compte des protestations ni des menaces. Il va, au contraire, prendre l'habitude d'intervenir régulièrement dans les médias, jouant tour à tour le rôle de spécialiste en criminologie et de bouffon.

Il a décidé d'assumer pleinement son passé d'anthropophage et, si possible, d'en vivre : « Le public a voulu faire de moi le pape du cannibalisme et, au fond, ça me plaît de jouer ce rôle. De toute façon, quoi que je fasse, je suis condamné à voir le monde avec les yeux d'un cannibale. »

Sollicité par les éditeurs, il publie deux livres en 1990 : « Santé » (dans lequel il relate son séjour en prison) et *Ikiteite sumimasen* (« Excusez-moi d'être en vie »), puis deux en 1991 : *Kanibalisumu no gensou* (« L'illusion du cannibalisme ») et *Shinkirou* (« Le mirage ») avant de ralentir un peu le rythme avec un livre par an : *Taberaretai* (« J'aimerais être mangé ») en 1993, *Hanano Pari, Ai no Pari* (« Paris des fleurs, Paris d'amour ») en 1994, *Kyouki ni arazu!? Sagawa Issei no seishin kantei* (« Ce n'est pas de la folie!? L'expertise mentale de Issei Sagawa ») en 1995 et enfin,

Koroshitai yatsura (« Ceux que j'ai envie de tuer ») écrit en collaboration avec un dessinateur de mangas en 1997, dans lequel il s'en prend à tous ceux qui ont « profité de lui ».

Il répond à toutes les interviews et, pris d'une véritable frénésie d'exhibitionnisme, accepte les propositions les plus invraisemblables comme tourner dans des films pornographiques, jouer les critiques gastronomiques ou faire de la publicité pour un restaurant de viande. Il va même jusqu'à proposer à un mensuel (*Snipper*) une rubrique tout simplement intitulée « L'essai cannibale ». Quand il n'écrit pas, Sagawa peint. Des natures mortes et des nus, essentiellement occidentaux. L'une de ses toiles représente des fesses en gros plan. Sagawa a remplacé l'anus par une bouche verticale rouge sang. Suivant son humeur, il signe ses tableaux d'un couteau et d'une fourchette, de baguettes ou encore de quatre idéogrammes qui, phonétiquement se lisent « Japonais cannibale ».

Grâce à cet humour noir qu'il pratique à outrance il croit pouvoir prendre de la distance avec son crime. Un journaliste français venu l'interviewer en 1992 constate avec surprise qu'une tour Eiffel miniature se dresse à deux pas de son domicile. À son sommet, un écriteau indique « Viande marché Paris ». Il n'y a évidemment pas la moindre boucherie aux alentours...

Provocation? Pas vraiment. Au fond, Sagawa

semble avoir perdu jusqu'au sentiment de sa propre existence et affirme à qui veut l'entendre qu'il n'est plus « une personne humaine mais une simple marionnette qu'on manipule et qui joue la liberté ».

On peut d'ailleurs se demander si Sagawa a jamais fait autre chose que s'amuser, même lorsqu'il a tué Renée. Dans l'un de ses livres (*Koroshitai yatsura*), il consacre un chapitre entier à décrire ses peluches avec lesquelles il entretient des relations aussi passionnelles que s'il s'agissait d'êtres vivants. La première chose qu'il fera, à sa sortie de l'hôpital (il a tout de même trente-six ans!), sera d'ailleurs de serrer dans ses bras Gonta, un gros nounours que son frère avait acheté pour lui. « Il avait une expression si douce avec ses grands yeux naïfs que j'ai immédiatement eu un coup de foudre. Pendant que, pour la première fois depuis des années, maman faisait la cuisine pour moi, j'ai pris Gonta dans mes bras et je me suis senti comme dans un rêve. Je retrouvais enfin une paix que je n'avais pas connue depuis longtemps. »

En 1992, il est invité par la chaîne de télévision allemande Première et obtient, à titre exceptionnel, l'autorisation de sortie du territoire japonais. Dans une interview accordée au cours de son séjour, il s'étonne qu'on voie encore en lui un assassin : « L'esprit japonais est très différent du reste du monde. Les Japonais oublient au fur et à mesure que la société change. Les Européens, eux, n'oublient jamais. Alors qu'au Japon je suis devenu un clown, ici, en Europe, je reste un cannibale. »

De retour au Japon, ce « clown » qui n'a jamais eu le sens du ridicule, se lance dans de violentes diatribes contre cet Occident qui sait si bien parler des « droits de l'homme » mais qui n'applique ceux-ci « qu'aux Blancs et aux... baleines, jamais aux criminels asiatiques » [*sic*]. Comment osent-ils donc, ces Occidentaux, critiquer les exactions de l'armée japonaise pendant la Seconde Guerre mondiale alors qu'eux-mêmes ont perpétré tant de massacres en Asie et en Amérique? Pour lui, c'est clair : les Occidentaux sont fondamentalement racistes et ne pardonnent que leurs propres crimes. Pourquoi devrait-il, lui, toujours rester le « Japonais cannibale »!

Tout en se plaignant de ce qu'on le ramène toujours à son passé, Sagawa n'en continue pas moins de se « vendre » au plus offrant. Il n'a d'ailleurs pas beaucoup d'efforts à faire : les propositions pleuvent.

Peu de temps après l'affaire Miyazaki, le Japon est secoué par un gigantesque scandale financier mettant en cause l'entreprise de transport... Sagawa. Aucun rapport avec Issei ou sa famille mais la chaîne Fuji (l'équivalent au Japon de TF1) trouve amusant de jouer sur l'homonymie et propose à Sagawa de venir, plusieurs jours de suite, faire le guignol sur le thème de la voracité. Visiblement satisfaite de l'audimat, la même chaîne lui confiera, quelques semaines plus tard, le rôle d'un gourou dans la célèbre série « Alphabet 2/3 » où une femme tente de découvrir le meurtrier de sa sœur.

Fuji reçoit bien quelques lettres de protestation mais, au fond, personne n'est vraiment choqué. Les télévisions commerciales japonaises n'ont jamais fait dans la dentelle. Elles ne reculent en tout cas jamais devant la vulgarité et n'ont à peu près aucun sens moral. Plus les programmes sont stupides et cruels, plus l'audience grimpe, comme en témoigne cette prolifération de jeux où les candidats doivent survivre au milieu d'une jungle de crocodiles ou encore se retenir d'uriner le plus longtemps possible ! Quant aux personnalités (vedettes du show-biz, mais aussi « héros » de faits divers) elles sont impitoyablement pourchassées jusqu'à ce qu'elles craquent et accordent, bon gré mal gré, une interview...

Pour ce qui concerne Sagawa, la chaîne Fuji non seulement assume pleinement son choix mais elle le revendique à travers Tsuyoshi Takashiro, le réalisateur de la série, qui prend publiquement la défense de Sagawa : « Je sais que c'est un individu peu recommandable tant sur le plan moral que social mais il est très intelligent et, en ce sens, très attirant. Beaucoup de gens estiment que c'est une erreur de le faire passer dans les médias mais pour ce qui me concerne, je ne vois pas pourquoi on voudrait l'effacer de la société. Ce serait du racisme. »

Sagawa prend son nouveau métier d'acteur très au sérieux même si, parallèlement, il débute une carrière de critique de cinéma en commentant *Le Silence des agneaux* qui vient de sortir sur les écrans japonais. Pour lui, le personnage d'Hannibal Lecter (joué par Anthony Hopkins) est « irréaliste et comique ». Il déplore qu'on en ait fait « un monstre qui mange tout ce qui se présente alors qu'un cannibale, j'en sais quelque chose, est un être délicat qui sélectionne ses victimes avec le plus grand soin ».

Pour le chambrer, l'équipe du téléfilm dans lequel il tourne l'a pourtant affectueusement surnommé Hannibal et il suffit qu'une des actrices ait quelques minutes de retard pour qu'aussitôt quelqu'un lance : « Est-ce qu'elle ne serait pas dans le frigo d'Hannibal, par hasard? » Sagawa-kun est toujours celui qui rit le plus fort à ces blagues.

Une autre expérience qui l'amuse également beaucoup : la conception du générique d'un film dans lequel le « héros » déterre un cadavre et fabrique des sacs avec sa peau. Il adore entendre les gens protester dans la salle quand ils lisent « générique : Issei Sagawa ».

Tout cela, pourtant, prend brutalement fin quand son père, lassé de toutes ces provocations, lui interdit formellement d'apparaître dans quelque média que ce soit. Malgré son âge avancé et un état de santé très fragile, Akira Sagawa se rend personnellement dans chaque rédaction, dans chaque maison d'édition, pour demander aux responsables de ne plus employer son fils. Il rachète même les droits d'un film porno dans lequel Sagawa s'exhibe sans la moindre retenue (il est censé se faire émasculer comme dans *L'Empire des sens*), afin que celui-ci ne soit pas diffusé.

Issei n'ose pas aller contre la volonté paternelle mais se plaint de la surprotection que ses parents continuent de manifester à son égard :

« Ils m'ont toujours considéré comme un enfant, même avant mon affaire. Tant que cela continuera ainsi, je ne pourrai pas changer profondément », analyse-t-il tristement.

La seule activité à laquelle son père n'a pas encore mis son veto ce sont les conférences sur l'art et la littérature qu'Issei donne de temps à autre devant quelques dizaines de curieux qui veulent voir à quoi ressemble un « cannibale japonais ». Malheureusement, ces prestations ne lui permettent pas vraiment de gagner sa vie.

En mars 2000, Sagawa déclare à l'hebdomadaire *Shukan Shincho*, qu'il dépend toujours financièrement de son père, bien que celui-ci soit âgé de quatre-vingt-cinq ans et qu'il ne puisse plus parler suite à une hémiplégie.

« Quant à ma mère, poursuit Sagawa, elle est devenue névrosée après mon affaire. De temps en temps, elle sème des haricots secs à travers la maison ou cache des pièces de *shoji* [les échecs japonais] dans toutes les pièces en criant : "Je vais mourir." Mon père, qui ne peut presque plus parler, pleure à chaque fois en criant : "Arrête, arrête." Elle cache un couteau sous son oreiller. Une fois, elle a pris une peluche à moi, un saint-bernard, et l'a pris dans ses bras en criant : "Je vais te tuer." Et effectivement, elle lui a donné un grand coup de couteau dans le ventre et lui a déchiré le cou. Elle a ensuite dispersé son "cadavre" dans toute la chambre. Mon père a appelé une ambulance et ma maman a été hospitalisée près de chez nous. Chaque fois que je repense à cette scène, cela me donne des frissons. Je pense qu'en réalité, c'est moi que ma maman avait envie de tuer. »

Le frère de Sagawa travaille comme dessinateur dans une agence de publicité. Lui non plus n'a pas été épargné : depuis l'affaire, il est devenu asthmatique et n'a pu se marier, la famille de sa fiancée s'étant formellement opposée à une telle union.

Ces dégâts qu'il a causés dans sa propre famille pèsent évidemment très lourd sur la vie actuelle de Sagawa. Il sait qu'il n'a, au fond, jamais vraiment payé pour son crime et consulte régulièrement un psychiatre dont il attend qu'il lui explique les causes profondes de son cannibalisme.

Il vit seul et a définitivement renoncé à se marier : « Je ne veux pas courir le risque d'engendrer un enfant qui aurait le même fantasme que moi... »

Ce qui ne signifie pas que lui-même ait totalement renoncé au cannibalisme. Son dernier livre, publié en 1997 [1], se termine par un autoportrait de Sagawa. Il s'est représenté tenant un couteau ensanglanté dans la main. Au premier plan, il a dessiné des jambes de femme dont le mollet est entaillé. En légende, il a écrit, en français : « Je n'ai pas assez mangé. »

1. *Koroshitai yatsura*, « Ceux que je voudrais tuer ».

Épilogue

La veille de mon retour en France, Sagawa, avec qui je viens de passer deux jours, m'annonce tout à trac qu'il souhaite me présenter sa « nouvelle petite amie », une Américaine prénommée Joyce, qui est, selon son expression, « un peu comme une prostituée, mais pas exactement ». Sagawa me montre une série de photos où on le voit en compagnie d'une grande blonde un peu trop maquillée. « Elle est belle, n'est-ce pas ? Deux fois, j'ai payé pour faire l'amour avec elle mais ensuite, j'ai arrêté. Je veux simplement avoir une relation comme ça. Elle pense que je suis un ami. Elle n'aime pas spécialement ce pays. Je crois que ce qui l'intéresse, chez moi, c'est que je parle le français. Elle voudrait bien l'apprendre. Je lui enseigne à la fois le français et le shiatsu. Je voyage avec elle et c'est vraiment bien pour elle. Elle est moitié allemande moitié américaine. Quand elle ne voyage pas, elle habite la Californie. Elle a vingt-cinq ans... Justement le même âge que ma victime... Mais elle est plus grande. Je n'ai jamais dit à personne que je fréquentais cette fille. »

Sagawa est visiblement très fier de sa nouvelle conquête et semble éprouver une indicible jouissance à l'idée du bon tour qu'il joue ainsi à tout le monde. Qui aurait pu imaginer que le « Japonais cannibale » se retrouverait, cinq ans à peine après son crime, non seulement libre de ses mouvements, mais libre, également, d'approcher à nouveau des femmes et de coucher avec elles sans aucun contrôle... ?

Bravant l'interdiction paternelle de se rendre à Tokyo, Sagawa a donné rendez-vous à Joyce devant le théâtre kabuki à Ginza. « Je lui ai demandé de venir avec une amie pour que vous ne vous retrouviez pas tout seul », me prévient-il avec un sourire de connivence.

Très vite, je comprends que ni Joyce ni son amie Melinda ne savent qui est réellement Sagawa, situation qui m'est particulièrement pénible. Faut-il les prévenir ? Si je ne le fais pas et qu'il tue Joyce, ne porterai-je pas l'entière responsabilité de sa mort ?

Pendant la représentation de kabuki, Sagawa, qui ne la quitte quasiment pas des yeux, m'avoue qu'il aimerait bien, si possible, se marier avec elle. Je lui demande s'il n'a pas envie de la manger, elle aussi.

« Non, répond-il, sûr de lui. Je sais que je ne veux plus jamais tuer quelqu'un. Les quatre jours que j'ai passés entre le moment où j'ai tiré et le moment où j'ai été arrêté ont été quatre jours d'enfer. Au point que, dans un certain sens, ça m'a soulagé d'être arrêté. Juste après avoir tué et mangé Renée, j'ai pu comparer le fantasme avec la réalité de ce que j'avais fait et la réalité était terrible. Elle s'imposait à moi avec une force qui dépassait de loin mon fantasme. J'étais vaincu par la force de la réalité.

À présent, je sais que je ne pourrai plus jamais tuer et manger une jeune fille. Même si je n'avais pas été arrêté, je n'aurais jamais recommencé. L'image de la graisse dans les fesses est tellement terrible... dégueulasse... J'ai eu tellement peur... La meilleure preuve que je ne recommencerai pas, c'est que je suis, depuis, parvenu à avoir une relation sexuelle normale avec Joyce sans éprouver le désir de la manger. Je cherche surtout, à présent, le contact, le lien sentimental... »

Malgré les assurances que me donne Sagawa, je continue d'être déchiré sur la position à tenir et, à plusieurs reprises, je lui suggère de dire la vérité à Joyce car il ne peut pas ainsi, éternellement, vivre dans le mensonge.

Il réfléchit : oui, il la lui dira peut-être un jour, mais pas encore, pas tout de suite, car il est sûr qu'alors, comme les autres, elle s'enfuira... « Les femmes prennent peur dès qu'elles apprennent mon affaire. C'est peut-être ce qu'il y a de plus triste pour moi aujourd'hui. »

Aucune occasion ne se présentant de parler à Joyce seul à seul, je ne pourrai malheureusement pas la prévenir. D'ailleurs, en admettant que je puisse l'avertir elle, qui préviendrait les autres, celles que Sagawa ne manquerait pas de rencontrer quand j'aurai quitté le Japon?

Je ne serai, cependant, vraiment rassuré que quelques jours plus tard quand Joyce, sans doute informée par la police, interrompra brutalement leur relation. Un coup dur pour Sagawa, qui, tout en me soupçonnant ouvertement de l'avoir trahi, me demandera de transmettre à Melinda cette lettre, indirectement destinée à Joyce, preuve manifeste de sa dangerosité intacte.

Melinda[1]*,*

Je pense que tu as dû avoir de mes nouvelles par Joyce.

Au nom du plaisir que j'ai eu à te voir et parce que je connais ta gentillesse à mon égard, écoute-moi. C'est la vérité :

J'ai demandé à mon amie hollandaise d'enre-

---

1. Cette lettre rédigée en anglais a été traduite par l'auteur.

gistrer un texte en allemand et tandis qu'elle était en train de le lire à un bureau, j'ai voulu prendre un livre dans le placard qui était derrière elle. Ma main a touché la carabine qui se trouvait face aux livres : la carabine allait tomber. Surpris, j'ai essayé de la rattraper mais mes doigts ont agrippé la gâchette et la balle est partie.

Quand elle est tombée, j'ai été très choqué et je n'ai pas su quoi faire. J'ai essayé d'appeler mes amis mais personne n'est venu à mon aide. Alors, finalement, j'ai pensé à quelqu'un...

Un mois avant mon affaire, n'ayant pas beaucoup d'argent, j'avais collé une petite annonce à l'université proposant de donner des cours de japonais. Et quelqu'un m'a appelé. Il m'a fixé rendez-vous à la station de métro.

C'était un noir [*Sagawa utilise le mot anglais* nigger] *qui m'attendait là et qui m'a proposé de l'accompagner au restaurant chinois où l'attendaient soi-disant ses amis. En fait, ils n'étaient pas là.*

L'homme a commencé à commander des tas de bouteilles de vin en m'assurant que c'est lui qui allait les payer. Il était complètement saoul quand il m'a dit qu'il devait acheter des médicaments pour sa femme qui était malade. Il est alors sorti du restaurant et n'est jamais revenu. J'ai dû tout payer.

Deux semaines plus tard, j'ai rencontré à nou-

veau cet homme à l'université. Il m'a reconnu et m'a emmené dans un café à côté de la fac. Il m'a dit que sa femme avait été réellement malade ce jour-là. Il avait voulu, dans un premier temps, me voler l'argent dont il avait besoin mais, finalement, il n'avait pas pu le faire. Il m'a présenté ses excuses et m'a demandé de ne pas prévenir la police. Il m'a donné son numéro de téléphone en me précisant que si jamais j'avais un problème, je n'avais qu'à l'appeler.

Au moment où mon amie est tombée, c'est donc à lui que j'ai pensé et je l'ai appelé. Une heure plus tard, il était chez moi. Il m'a demandé de quitter la chambre et d'aller acheter deux valises.

Quand je suis entré à nouveau dans la chambre, il n'y avait plus rien d'autre que les deux valises. Il me dit à ce moment-là qu'il ne voulait pas faire tout le boulot et que je devrais moi-même me débarrasser des valises.

Mais je ne savais absolument pas comment faire et j'ai vite été arrêté.

Après mon arrestation, la police a découvert les choses horribles dans le réfrigérateur de ma chambre (je ne l'avais pas ouvert jusque-là) et ils ont commencé à dire des choses stupides, que je l'avais mangée et des trucs comme ça...

Je ne pouvais malheureusement pas me défendre et dire la vérité parce que le noir avait travaillé pour moi !

On m'a emmené à l'hôpital.

J'espère que tu comprendras cette situation très difficile dans laquelle je me trouve.

Ma relation avec les filles a été complètement détruite par cette affaire, c'est pourquoi j'ai été vraiment heureux avec Joyce et j'ai apprécié votre attitude pleine de gentillesse et sans à priori à mon égard.

J'ai le sentiment que Joyce m'a déjà abandonné et je suis au plus profond du désespoir. Si toi aussi tu m'abandonnes, alors il ne me reste plus qu'à mourir.

Je t'en prie, aide-moi...!

Issei

Les années passant, j'ai compris que Sagawa adaptait simplement son discours en fonction de ses interlocuteurs. À ses parents qui ne pouvaient pas entendre la vérité, il disait qu'il ne se « rappelait pas » avoir commis ce qu'on lui reprochait, alors qu'au même moment il disséquait son crime avec délectation auprès des juges et des experts psychiatres. De même, il pouvait tout à la fois assumer pleinement son acte au cours de notre entretien et, le lendemain, nier, dans une lettre qu'il me confiait, avoir la moindre responsabilité dans l'affaire.

Ne pas dire la vérité n'est pas considéré, au Japon, comme une attitude hypocrite. On estime au contraire que c'est faire preuve de faiblesse que de déballer à tout propos son *honne* (ce que l'on pense au fond de son cœur), la vertu commandant plutôt de s'en tenir au *tatemae* (la façade) afin de préserver le lien social. Cette duplicité de la pensée peut aller très loin car le *tatemae* n'est pas réservé aux seuls étrangers : il arrive très souvent qu'on ne dise pas la vérité (ou toute la vérité) à son épouse ou à un ami si l'on estime que cela pourrait mettre en danger l'harmonie de la relation. « L'état mental idéal est un état où on peut se sentir à l'aise avec ses propres secrets », écrit Takeo Doi.

Cette attitude, admise par tous, requise pour tous, laisse bien des portes ouvertes. Non seulement on peut penser ce qu'on veut dès lors qu'on le garde pour soi, mais on peut également agir à sa guise si personne n'en sait rien.

Curieusement, et ce n'est pas le moindre des paradoxes, les Japonais considèrent la « sincérité » (*makoto* en japonais) comme la valeur suprême. Celle-ci renvoie, en effet, à l'exigence de pureté du shintoïsme, et cette sorte de candeur avec laquelle Sagawa se justifie touche, au fond, beaucoup plus ses compatriotes que ne les horrifie l'acte commis. « Avec un cœur sincère, on peut réaliser n'importe quoi », dit le rescrit impérial de 1881.

Car, pour les Japonais, la « sincérité » n'est pas synonyme de vérité. Elle ne s'applique pas, comme pour les Occidentaux, au moi individuel, mais au moi social, au moi dans sa relation au groupe. Pour les samouraïs, la sincérité, c'était d'abord le dévouement au seigneur et donc le respect du code et de l'âme japonais bien plus que la vérité des sentiments. Mais ceux qui, comme Sagawa, n'appartiennent à aucun groupe, à aucun clan, ne sont pas tenus d'en respecter les codes. Ce sont les *ronin* des temps modernes : ces soldats sans maître, condamnés à errer indéfiniment jusqu'à la mort.

Table

Cet ouvrage a été composé
par Euronumérique (92120 Montrouge)
et imprimé par **Bussière Camedan Imprimeries**
à Saint-Amand-Montrond (Cher)
en mai 2001
pour le compte des Éditions Stock
27, rue Cassette, 75006 Paris

Imprimé en France

Dépôt légal : mai 2001
N° d'Édition : 12167. N° d'Impression : 012391/4.
54-5365-9
ISBN : 2-234-05365-X